二度目の異世界、少年だった彼は年上騎士になり溺愛してくる 2

琴子

B's-LOG BUNKO
ビーズログ文庫

Contents

二度目の異世界、少年だった彼は年上騎士になり溺愛してくる
2
登場人物紹介
ルーク
リーランド王国一の水魔法の使い手で王国騎士団の師団長を務めるエリート。冷静沈着で人を寄せ付けない性格だがサラには人が変わったように甘くなる。
咲良《サラ》
異世界転移した日本のOL。恋人のルークと暮らしながら王国魔術師として働いている。

スレン

サラの上司で国一番の魔術師。
いくつもの属性魔法を
使いこなすことができる。
整理整頓が苦手。

リアム

王国魔術師。
国一番の火魔法の使い手。
顔はいいが口は悪い。

モニカ

サラの恩人。
ルークとサラの
母親のような存在。

リディア

侯爵家の令嬢で騎士団のヒーラー。
ルークに片想いをしていたが、
今ではサラの良き友人。

イラスト／氷堂れん
キャラクター原案／綾月もか

プロローグ

　私、サラが二度目にこの異世界に来てから、もうすぐ一年が経《た》つ。

　私がいた世界とは時間の流れが違《ちが》い、過去に出会った少年のルークが自分より年上になっていた時には、驚《おどろ》きを隠《かく》せなかった。

　その上、彼は騎士《きし》として名を馳《は》せて爵位《しゃくい》を賜《たまわ》り、まさにハイスペな美しい大人の男性に成長していたのだ。

「俺は、サラのことが好きです。昔から、ずっと」

　そんなルークに子どもの頃《ころ》から好きだったと告白をされ、戸惑《とまど》いながらもいつしか私もまた、ルークを一人の男性として好きになっていた。

　ドラゴン討伐《とうばつ》などの苦難を乗《の》り越《こ》え、無事に気持ちを伝えて両想《りょうおも》いになって、元の世界に戻《もど》るための腕時計《うでどけい》も封印《ふういん》してもらった。

「もう、絶対にいなくならないでください」

「うん。ずっとルークの側《そば》にいる。ずっと私を、好きでいてくれてありがとう」

　そしてこれからは、ルークとの平穏《へいおん》で幸せな毎日が続くと思っていたのに——……

「サラには俺の気持ちなんて分かりませんよね」

「それはこっちのセリフだよ。ルークだって私の気持ち、何も分かってないくせに」

お互《たが》いに苛立《いらだ》ちや不満が募《つの》り、初めての喧嘩《けんか》に発展してしまった。

「ルークは本当に私のこと、女性として好きなの？　私を好きって言いながら、女性として見てないくせに！　だから何もしてこないんでしょ！」

「――は？」

ルークの口からこぼれ落ちた声には、苛立ちがはっきりと滲《にじ》んでいる。

「……本気でそんなことを言っているんですか」

「最初にキスをした時、違うと思ったからでしょ？　結局、家族愛の延長線で――っ」

そこまで言った瞬間《しゅんかん》、後頭部を摑《つか》まれ、視界がぶれる。

気が付けば、嚙《か》み付《つ》くように唇《くちびる》を塞《ふさ》がれていた。

「ん、う……」

息を吸う間もないまま、離《はな》れた途端《とたん》にまた距離《きょり》を詰《つ》められる。

何度も角度を変えて繰《く》り返《かえ》されるキスに、呆然《ぼうぜん》とすることしかできない。

「なんで、こんな……」

「こうされたかったんでしょう？」

「……っ」

嫌《いや》な感じの言い方に、また苛立たしさが募る。

「もういい！　ルークなんて知らない！」

「…………」

ルークは私から離れると立ち上がり、椅子《いす》にかけていた上着を乱雑に手に取った。

そしてそのまま振《ふ》り返ることなく部屋を出て行ってしまう。

「……わけ、わかんない」

——ルークのことが大好きで、もっと恋人《こいびと》らしい関係になりたい。

ただそれだけだったのに、どうしてこんなことになってしまったのだろう。

1 新しい生活

「サラ様、そろそろ起床《きしょう》のお時間です」

「……はあい」

起こしに来てくれたメイドにお礼を言い、ぐっと両腕《りょううで》を伸《の》ばす。

普段《ふだん》は自然と目が覚めるけれど、昨日は遅《おそ》くまでルークの部屋で他愛《たわい》のない話をしていたせいか、ぐっすり眠《ねむ》ってしまっていたらしい。

窓の外を眺《なが》めると青空の下、庭園で咲《さ》き誇《ほこ》る美しい春の花達が見えて、笑《え》みがこぼれた。

――この異世界に再び来てから、もうすぐ一年。

そしてルークに無事に想《おも》いを伝えてから、もうすぐ四ヶ月が経《た》とうとしていた。

「ふわあ……今日は忙《いそが》しい日だったっけ」

ベッドから起き上がり、仕事に向けて自分で身支度《みじたく》をする。

一時期はメイドにお願いしていたけれど、元の世界と違《ちが》って他人に身の回りの世話をしてもらうのは、どうにも落ち着かない。

その結果、ドレスを着る時以外はなるべく自分でするようにしていた。

自室を出て階段を降りていき、食堂に足を踏《ふ》み入《い》れると、椅子《いす》に座り新聞を読んでいるルークの姿があった。

「おはよう、ルーク」

「はい。おはようございます、サラ」

太陽みたいな黄金の目を柔《やわ》らかく細めるルークの姿は、今日も眩《まぶ》しい。

ルークは紺色《こんいろ》に金色の刺繍《ししゅう》が入った騎士団《きしだん》の制服を身に纏《まと》っており、今日は朝から仕事だと昨晩言っていたことを思い出す。

──国一番の水魔法使《まほうつか》い、騎士団の師団長として活躍《かつやく》するルークは、相変わらず多忙《たぼう》な日々を送っている。

彼の向かいに腰《こし》を下ろすと、メイドによってすぐに朝食が運ばれてきた。

こんなにも綺麗《きれい》な人が私のことを好きで恋人《こいびと》という関係だなんて、未《いま》だに不思議な感じがする。それくらいルークという人は、何もかもが完璧《かんぺき》だった。

「サラ？　口に合いませんでしたか？」

「ううん、違うの！　ただ、ルークは今日も格好いいなと思って」

ついぼうっと見つめていたせいで、食事をする手が止まってしまっていた。

「……それなら、良かったです」

正直に理由を伝えると、少し頬《ほお》を赤らめたルークは口元を覆《おお》う。

四ヶ月が経ってもルークは私からの好意に戸惑《とまど》い、照れる様子を見せる。そんな反応も可愛《かわい》くて愛《いと》おしくて、胸が温かくなる。

「サラはこのまま出勤ですよね？　一緒《いっしょ》に行きましょう」

私は基本的に王城勤務で、ルークの勤務先である騎士団本部も王城の敷地《しきち》内にあるため、行き先は同じだった。

「でも、ルークの出勤時間まであと一時間以上あるよ？」

「早めに行って仕事をしていようと思います。少しでもサラと一緒にいたいので」

「……っ」

そんなことをさらりと言うルークに、心臓が跳《は》ねる。

今だってお互《たが》いの仕事の時間以外はもちろん、休日だってなるべく合わせて朝から晩まで一緒に過ごしているというのに。

今日もルークに心底愛されていると実感して、口元が緩《ゆる》んだ。

朝食を終えた後は二人で馬車に乗り込み、王城へ向かう。

「明日の夜は遅くなるので、先に休んでいてくださいね」

私のぴったり隣《となり》に座ったルークによって、ごく自然に手を繋《つな》がれ、指を絡《から》められる。

両想いになってからというもの、私達の距離《きょり》感は少しだけ変わった。一緒にいる間はこうして常に触《ふ》れ合《あ》っているのが当たり前になり、私は未だに慣れずにいる。

「じゃあ私、ティンカを誘《さそ》って夜ご飯でも食べに行こうかな」

「分かりました。人通りの多いところを歩いて、遅くならないようにしてください。あと酒は飲みすぎないように。早く仕事が終われば迎《むか》えに行きます」

ルークが過保護なのも相変わらずで、飲み会の度《たび》に私を迎えに来るルークをティンカやカーティスさんが冷やかすのも、いつものことだった。


王城の前でエスコートされて馬車を降りた後も、繋がれた手が離《はな》されることはない。

朝のこの時間は登城する人も多く、周りからの視線を感じる。

「ルーク、もうそろそろ……」

そっと手を離そうとすると逆にきつく握《にぎ》られ、それは叶《かな》わない。

「悪い虫がつかないように、サラは俺の恋人だと見せつけたいので」

「私にはそんな心配いらないから大丈夫《だいじょうぶ》だよ」

「まさか、サラは世界一可愛いんですよ？　心配するに決まっています」

ルークは本気で心からそう思っているらしく、真剣《しんけん》な眼差《まなざ》しを向けられた。

もちろん嬉《うれ》しいものの、私はルークが心配するほどの美女ではないし、少々いたたまれない気持ちになる。

どちらかというと、異性に人気なのはルークの方だ。

ルークはいつだって女性からの視線を集めているし、私との関係を知ってなお、彼に近づこうとする人は後を絶たないと聞く。

ルークは全て一蹴《いっしゅう》しているらしいし、常に愛情を感じるため不安になることはない。

それでも周りからは釣《つ》り合っていないと思われているのではと、考えることはある。

「行きましょう。遅刻《ちこく》してしまいますよ」

「うん、そうだね」

有無《うむ》を言わせない笑顔《えがお》を向けられ、結局ルークに甘い私はひと回り大きい彼の手を握り返してしまうのだった。


仕事を終えて帰ろうとしたところ、王城の敷地内で偶然《ぐうぜん》カーティスさんに遭遇《そうぐう》した。

騎士団の師団長であり伯爵《はくしゃく》令息でもある彼は見目も良く、今日も辺りにいる女性達は彼を見て頬を染めている。

「サラちゃん、見たよ。今朝もルークとラブラブだったね」

今朝ルークにしっかり手を繋がれて出勤したところを、見られていたらしい。知人に見られるのはより恥《は》ずかしくて、苦笑いを返すことしかできない。

「いいなあ、付き合いたてなんて一番楽しい時じゃない？　悩《なや》みなんてなくてさ」

「あ、あはは……」

カーティスさんは「俺も恋《こい》したいなあ」なんて言って、肩を竦《すく》める。

それからも他愛のない話をして、カーティスさんと別れた私は迎えの馬車に乗り込んだ。

馬車はすぐにハワード男爵邸《だんしゃくてい》に向かい、走り出す。

「……一番楽しい、悩みのない時期かあ」

先程《さきほど》のカーティスさんの言葉が頭から離れず、口からは大きな溜《た》め息《いき》がこぼれた。

彼の言葉とは裏腹に、実はこの数ヶ月ずっと悩み続けていることがあった。

──ルークとキスをしたのは四ヶ月前。一緒に住んでいたアパートを解約した帰り道、あの公園でした一度だけなのだ。

抱《だ》きしめられたり、以前よりもずっと近くに座ったり、触れられたりすることは多くなった。けれど、それ以上の恋人らしい進展は全くない。

「やっぱり家族感が強いからなのかな……私自身の魅力《みりょく》も足りないのかも……」

ようやく想いを交《か》わせたのに、たった数ヶ月でこれはまずい気がする。

ルークが何を考えているのか分からず、私に問題があるのではないかと焦《あせ》りや不安を抱《いだ》いてしまう。

元の世界で恋人がいたことはあったものの、形だけのようなものだった。そのため恋愛《れんあい》経験は少なく分からないことばかりで、より不安になってしまう。

「……よし」

とはいえ、ただ悩んでいても何も解決しない。

ひとまず今できることをやってみようと、私は気合を入れた。

帰宅後、仲の良《い》いメイド達に相談してアドバイスをもらった私は早速《さっそく》、作戦を実行することにした。夕食を終えて、ルークの部屋へ突撃《とつげき》する。

「ねえルーク、少し話さない？」

「はい、もちろん。どうぞ」

ドアを開けて中へ入ると、読書をしていたルークは私を見た瞬間《しゅんかん》、金色の目を瞬《まばた》いた。

それもそのはず、普段の私は屋敷《やしき》の中ではすっぴんで楽な服ばかりを着ているのに、今は化粧《けしょう》ばっちりで、少しだけ露出《ろしゅつ》のあるネグリジェを着ているからだ。

やはり恋人同士のドキドキの敵は、「生活感」だとみんな口を揃《そろ》えて言っていた。

そしてそれを払拭《ふっしょく》するには、屋敷の中でも気を抜《ぬ》かず可愛くあること、たまには距離を置いてみること、そして何よりも色気が大事なんだとか。

距離を置くというのは一緒に暮らしている以上難しいし、悩んだ結果、このスタイルでルークにアタックしてみることにした。

「話ってなんですか？」

「その、ただルークとお喋《しゃべ》りしたかっただけで、何か話があるわけじゃないんだけど……

ルークは今何してたの？」

ソファに座っていたルークの隣に、いつもよりもくっついて座ってみる。

正直、恥ずかしいし、緊張《きんちょう》が止まらない。それでも今の関係を変えたくて、ルークに少しでも意識してもらいたくて、勇気を出していた。

ルークは読めない表情でじっと私を見ていたけれど、やがて笑顔で「本を読んでいました」と答えてくれた。

「面白《おもしろ》い？　一緒に読んでもいい？」

「――――」

ぎゅっとルークのシャツを摑《つか》んで、身体《からだ》を寄せてみる。

心臓が早鐘《はやがね》を打ち、顔だって照れのせいで熱くて仕方ない。それでもルークにバレないように、必死に平静を装《よそお》う。

どきどきしながら、ルークの反応を待つ。

すると、ふわっと身体がルークの良い香りと温《ぬく》もりに包まれた。

「風邪《かぜ》を引きますよ。この本は貸しますから、部屋まで送ります」

けれどそれはルーク自身ではなく、彼が羽織っていた上着で。固まる私の手を取り、ルークは立ち上がる。

それからはあれよあれよという間に本を持たされ、自室まで送られてしまった。

「おやすみなさい、サラ。また明日」

笑顔のルークが去っていき、パタンと閉まったドアの前で呆然《ぼうぜん》と立《た》ち尽《つ》くす。

そんな私の側《そば》をひゅう、と冷たい風が通り過ぎていく。

「…………」

私なりに精一杯《せいいっぱい》、恥《はじ》を忍《しの》んで頑張《がんば》ったのに。それでこの結果はさすがにショックすぎる。

もはや生活感を払拭するとか、そういう次元じゃない気がする。

あまりの虚《むな》しさに、ふらふらとその場にしゃがみ込む。

「……そんなに私、魅力ないのかな」

ルークはいつだって私を一番に優先して気遣《きづか》って、大事にしてくれている。行動だけでなく態度や優《やさ》しい眼差しからも、好かれているのは伝わってくる。

それなのに何故《なぜ》、何もしてこないんだろう。

いくら考えたところで理由なんて分からないし、こんな恥ずかしいことをルークに直接聞けるはずもない。

明日も仕事だし、いつまでもへこんでいるわけにはいかない。

きっと今日は気分じゃなかったんだと言い聞かせ、私は無駄《むだ》になってしまった化粧を落とすため、重い足取りでバスルームへ向かった。


「──スレン様、また書類にコーヒーをこぼしましたね」

端《はし》が茶色く染まった書類を、整いすぎた顔の目の前に突《つ》き出《だ》す。

するとスレン様は黄金の瞳《ひとみ》をぱちぱちと瞬いた後、長い黒髪《くろかみ》を揺《ゆ》らして首を傾《かし》げた。

「おや、悪いコーヒーですね。困りました」

「…………」

スレン様は国一番の魔術師《まじゅつし》であり、圧倒的《あっとうてき》な魔力《まりょく》を持ち、いくつもの属性魔法《まほう》を使いこなせる唯一《ゆいいつ》の人だ。

そして私が所属する、王国魔術師という魔術師団のトップでもある。

この国に彼を知らない人はおらず、他国にまでその名は広く知られているという。

初めはそんなすごい人の元で働くことに緊張していたけれど、実際のスレン様は美しい顔や儚《はかな》い雰囲気《ふんいき》に似合わず、とにかくだらしない人だった。

彼の机の上はいつもごちゃっとしていて物で溢《あふ》れていて、片付けが苦手らしい。以前、書類の山の下から二週間前に買ったというパンが出てきた時には、気が遠くなった。

過去にスレン様に抱いていた、キラキラとした憧《あこが》れの気持ちを返してほしい。

「もういいです」

反省する様子も一切《いっさい》なく、これ以上言っても無駄だと思った私は溜め息を吐《つ》き、新しいものを用意するため自分の机へと向かう。

そうして早速ペンをとると、斜《なな》め向かいに座るスレン様からの強い視線を感じた。

「なんですか？」

「サラさん、怒《おこ》らないでください」

「怒ってません」

「絶対に怒っているでしょう」

「いいから早く仕事を進めてください、その書類の提出期限は三日前ですよね」

「そうみたいですね」

「………」

無駄に眩しい笑顔で返事をするスレン様を無視して、私はペンを走らせた。


——王国魔術師として王城で働き始めて、もう二ヶ月半が経つ。

私の主な仕事は、スレン様の補佐、そして治癒《ちゆ》魔法を使った怪我人《けがにん》の治療《ちりょう》だ。

王族の方々の怪我や病気の治療のほか、騎士団に他の治癒魔法使い《ヒーラー》が治せない大きな怪我があった場合なども駆《か》り出されていた。

それ以外には魔獣《まじゅう》の討伐遠征《とうばつえんせい》への参加や有事の際の対応、そして渡《わた》り人——私のように別の世界からやってきた人間に関する研究の協力などもある。

ナサニエル病院にてエリオット様の元で働けなくなったのは寂《さび》しいけれど、今の仕事もやりがいがある。

何より自分の力を隠《かく》さなくなったことで、多くの人を救える機会が増えた。

危険な仕事も今のところなく、最初は反対していたルークも応援《おうえん》してくれていて、何もかもが順調——というわけでもなかった。

スレン様をはじめとした職場の人々の癖《くせ》が、あまりにも強すぎるのだ。

「この執務室《しつむ》に全員が揃う日って、来るんでしょうか」

「そんな日が来たら槍《やり》が降りそうですね」

「…………」

王国魔術師は現在、四人いる。

私とスレン様以外の二人はとにかく自由で書類仕事が大嫌《だいきら》いで、全くこの場所に現れない。

その結果、彼らに割り当てられた報告書の作成といった事務作業も、私が代わりにやっている状態だった。

王国魔術師といえども、ただ魔法を使っていればいいわけではない。騎士団に務めるルークも以前、同じことを言っていた記憶《きおく》があった。

そしてスレン様を含めた王国魔術師のメンバーは皆《みな》、魔法には秀《ひい》でているものの、こういった仕事に関してはまるで向いていなかった。

私が来るまでは提出期限が過ぎた後、各課の職員が仕方なく執務室までやってきて聞き取りをして、代わりに報告書を作成するという迷惑《めいわく》のかけっぷりだったらしい。

私は元の世界での事務仕事を生かしてなんとか乗り切っているけれど、いい加減に誰《だれ》かなんとかしてほしいと毎日思っている。

「私、ザカリーさんは未だに一度しかお会いしたことがないんですけど……」

王国魔術師の一人であるザカリーさんとは、一度挨拶《あいさつ》をしたきりだ。

『へえ？　可愛いじゃん。よろしくね、サラ』

『よ、よろしくお願いします……』

軽薄《けいはく》な雰囲気が漂《ただよ》うやけにキラキラとした美形の彼は、由緒《ゆいしょ》ある侯爵家《こうしゃくけ》の三男らしい。

一緒に仕事をしたことはないものの、地属性の魔法使いである彼の戦闘《せんとう》能力は、恐《おそ》ろしく高いと聞いている。

地味な仕事がとにかく嫌《きら》いで、魔獣の討伐以外の仕事はせずに遊び回っているとか。

「登城するよう連絡《れんらく》はしているんですけどね」

スレン様は眉尻《まゆじり》を下げ、困ったように微笑《ほほえ》む。

普通《ふつう》の仕事ならクビになるような好き勝手をしても許されているのは、このリーランド王国にとって、彼らは決して手放せないほど優秀《ゆうしゅう》な魔法使いだからだ。

そして戦闘能力に優《すぐ》れた二人は、騎士団だけでは難しい強い魔獣の討伐、といった危険度がかなり高い仕事をメインで行ってくれている。

魔獣の出現は読めないため、そんな仕事が続くこともあるという。

命の危険もある仕事を国のためにしてくれていると思うと、文句を言いながらもつい尻《しり》拭《ぬぐ》いをしてしまっていた。

「サラさんのような素晴《すば》らしい部下ができて、私は幸せ者です」

「……私がそういう言葉に弱いって分かっていて言っていますよね？」

「まさか。人聞きが悪いですね」

王国魔術師はくせ者ばかりだけれど、それでもスレン様はとても良い人だ。いつも穏《おだ》やかで優しいし、私がミスをしてしまった時には必ずフォローしてくれる。

それに王国魔術師となったばかりの私の生活に変化が出ないよう、危険の多い魔獣討伐をなるべく避《さ》けたり、長期遠征の仕事は他の王国魔術師に割《わ》り振《ふ》ったりと、気遣ってくれていることも知っていた。

大変なことも多いけれど、この力を役立てたいし、完璧なルークの隣で胸を張って生きていけるようになりたいという目標もあり、一生懸命《いっしょうけんめい》働く日々を送っている。

やがて私は時計へ視線を向けると、完成した書類を手に立ち上がった。

「経理課の後、研究所へ行ってきます」

「ありがとうございます。今日はそのまま帰っていただいて大丈夫ですよ」

「はい、分かりました」

スレン様に軽く頭を下げて執務室を出て、経理課に書類を提出する。その後、私は王城の敷地内にある研究所へ向かった。

「サラ様、お疲《つか》れ様《さま》です」

「あ、お疲れ様です」

すれ違った王城勤めの魔術師の女性に、深々と頭を下げられる。サラ様なんて呼ばれることも、恭《うやうや》しい態度をとられることにもまだ慣れない。

王国魔術師というのは魔法使いにとって最も名誉《めいよ》な仕事で、王城勤めの仕事の中でも最《さい》高峰《こうほう》に位置する。

そのため、爵位《しゃくい》のない私でも敬われることがよくあった。まだ仕事での実績もない自分がそれほどの役職であることに、未だに違和感《いわかん》を抱いてしまう。

過去、そんな気持ちをこぼしたところ、スレン様は「サラさんにはそれだけの能力がありますから。実績なんてすぐにできますよ」とあっさり言ってのけていた。

やがてこの辺りでは一番高い建物、騎士団本部の近くにある真っ白な塔《とう》に到着《とうちゃく》した。

「失礼します」

「ああ、サラさん。待っていましたよ」

研究所の中へ入るとすぐに、所長であるラッセルさんに出迎《でむか》えられた。

ラッセルさんは私より十歳ほど年上の男性であり、この若さで研究所の所長になった眉《び》目秀麗《もくしゅうれい》なエリートだ。

――この王立研究所では、魔法に関する様々な研究が行われている。

以前、缶詰《かんづめ》状態で王国魔術師の適正があるか調べたのも、この研究所だった。

後になって知ったけれど、王国魔術師に選ばれる基準というのは決まっているらしい。

魔力量や能力、スキル、攻撃《こうげき》力など各属性に合わせた細かい項目《こうもく》があるんだとか。

治癒魔法使いだけは特別で、私以外の王国魔術師は測定だけでなく、実際の魔獣との戦闘なども経て『特別な存在』だけが選ばれるという。

スレン様いわく「詳《くわ》しいことは秘密です」だそうだ。

「この間、ラッセルさんが教えてくださったレストラン、すっごく美味《おい》しかったです」

「それは良かったです。若い方は特に好きそうですから」

私はここで週に一度、渡り人についての研究に協力しているため、研究所の人々ともかなり親しくなることができた。

「今日は前回の続き、渡り人が持つ光属性の浄化《じょうか》魔法について調べさせてもらいますね」

「はい、分かりました」

「実際に魔獣を使用してのものになりますが、檻《おり》に入った状態で安全ですから」

色々と説明を受け、魔獣を捕《と》らえてある地下へ移動することになった。

研究所で定期的に調べてもらうようになってから、私の魔法について新たにいくつか分かったことがある。

ひとつ目は、私の魔力には強い浄化作用があるということだ。魔獣の発する瘴気《しょうき》や呪《のろ》いなどに対しても効果があるらしい。普通の光魔法使いも同じ能力があるものの、とても弱いものなんだとか。

ふたつ目は、私の光魔法で魔獣を倒《たお》せるということだった。

光魔法は全ての属性の中で唯一、攻撃魔法が使えないとされている。その一方で、貴重な治癒魔法が使えるため重宝されていた。

けれど私は渡り人だからなのか、私の魔力を浴びると、魔獣が溶《と》けるように消えることが分かったのだ。

これは世紀の大発見だと、ラッセルさんだけでなくスレン様もはしゃいでいた。

今はどんな魔獣にでも効果があるのか、どんな状況《じょうきょう》で使うのが効果的なのか、魔力の減りはどれくらいなのか、などを調べている。

ルークは「討伐遠征に連れていかれる機会が増えそうで嫌《いや》だ」と言っていたけれど、自分や誰かを救うだけでなく守る力があるのなら、私にとってはとても嬉しいことだった。


瘴気や毒気を浴びても大丈夫なように防護魔法をかけた上で、ラッセルさんや他の職員の人々と共に地下へ続く螺旋《らせん》階段を降りていく。

すると、叫《さけ》びや唸《うな》りに似た魔獣の声が聞こえてきた。

実験用の大小様々な魔獣が収監《しゅうかん》されており、魔獣の動物園みたいな場所になっている。

普通の動物園と違って心は全く弾《はず》まないし、なるべく行きたくはないけれど。

「グルアアア！」

「……っ」

熊に似た魔獣の檻の前を通った途端《とたん》、中から威嚇《いかく》され、思わずびくっと肩《かた》が跳ねる。

そんな私に気付き、隣を歩くラッセルさんは「大丈夫ですか」と気遣ってくれた。

「すみません、安全だと分かっていてもまだ慣れなくて……」

「魔獣に慣れる必要なんてありませんよ。恐怖《きょうふ》心は身を守る上で大切ですから」

むしろ若い女性をこんな場所に連れてくるのは申し訳ないと、謝られてしまう。

ラッセルさんはとても良い人で、私は少し歳《とし》の離れた兄のように思っている。

やがてラッセルさんは、一番大きな檻の前で足を止めた。

「今日はこの魔獣の浄化をお願いします」

「こ、これをですか……？」

檻の中にいたのは、私の十倍以上の体積のある真っ赤な花に似た巨大《きょだい》な魔獣だった。

毒々しい花の中心には巨大なひとつ目があり、ぎょろぎょろと動いている。その周りを覆う緑の太い触手《しょくしゅ》が蠢《うごめ》き、夢に出てきそうなくらい不気味だ。

先日も魔獣の浄化をしたけれど、ネズミのような小さなものだった。

こんな大きな恐ろしいものを私が浄化できるのかと、少しだけ不安になる。

「この人食いラフレシアは、剣《けん》や魔法で攻撃をすると猛毒《もうどく》を空気中に放ちます。ただサラさんの場合は特殊《とくしゅ》ですし、毒を発してもそれごと浄化できるのではないかと」

「なるほど……分かりました。ぜひやらせてください」

そんな魔獣を安全に倒すことができれば、ルークや騎士団の人々の役に立てるはず。

それからは上手《うま》くいかなかった時のために毒の対策をしっかりとして、私は鉄格子《てつごうし》越しに人食いラフレシアに向き合った。

――魔獣を倒す場合と治癒魔法を使う場合、魔力の扱《あつか》い方は同じだけれど、私が心の中で思《おも》い描《えが》くイメージを変えなければいけない。

「治したい」と念じれば、魔獣の怪我も治ってしまうのだ。

だからこそ、魔獣に対しては明確に「倒す」ことをイメージしなければならない。

「……よし」

魔獣に向かって両手をかざし、魔力を放つ。

やがて私の手のひらからは眩《まばゆ》い白い光が広がっていき、辺りを包み込む。

（どうか、消えて――！）

そう強く願った瞬間、人食いラフレシアは溶けるように跡形《あとかた》もなく消えた。

檻の中には塵《ちり》ひとつ残っていない。

「き、消えた……」

まさかこんなにも簡単に浄化できるとは思っておらず、困惑《こんわく》してしまう。パチパチと拍《はく》手《しゅ》が聞こえてきて振り返ると、ラッセルさんが驚《おどろ》いた表情を浮《う》かべていた。

「本当にすごいですね！　渡り人というのはやはり特別な存在です。生きているうちに出会えたことに心から感謝します」

少し興奮した様子で話す彼の瞳は、少年のようにきらきらと輝《かがや》いている。

ラッセルさんが研究所の所長という立場なのは、優秀であることはもちろん魔法への飽《あ》くなき探究心も理由のひとつだと、以前スレン様から聞いた記憶があった。

「体調に問題はありませんか？」

「はい。ただ、魔力の減りが大きいです。一気に半分くらいは減ったかと」

「なるほど、回数制限はありそうですね。サラさんの魔力量で半分なら、相当な魔力を必要とするのか……魔獣の大きさや種類にも関係している……？」

ラッセルさんは独り言を言いながら、深く考え込んでいる。

その後は場所を移動して、色々と聞き取りをされた。

魔獣を倒せる能力については未知数であること、魔力の消費が大きいこともあり、命に関わる魔力切れを起こさないため、研究所の外で使わないよう注意された。

「本当にありがとうございました。サラさんのお蔭《かげ》で、まだまだ我が国の魔法は発展していきそうです」

今後は引き続き、この能力について調べていくそうだ。

そして丁寧《ていねい》にお礼を告げられた私はまた来週来る約束をして、研究所を後にした。

外へ出ると空は赤く染まっており、ティンカを夕食に誘うため、騎士団本部へと向かう。

その途中《とちゅう》、王城内の敷地を歩きながら、自身の右手をぼんやりと見つめた。

「……あんな魔獣も、倒せちゃうんだ」

――過去、私は魔法の使い方については感覚頼《たよ》りの自己流だった。たまに本を読んで勉強するだけで、誰かに教えてもらうこともなかった。

けれど王国魔術師になってからは仕事の傍《かたわ》ら、スレン様の教えの元、魔力のコントロールや魔法の強化訓練についても行っている。

そのお蔭で魔法の精度が上がっているのは感じていたけれど、まさかここまでとは自分でも思っていなかった。

自分があれほど恐ろしい大きな魔獣を浄化したなんて未だに実感が湧《わ》かず、なんだか落ち着かない気分だった。

これまで何度か討伐遠征に参加してきたけれど、あれほどの魔獣は大勢の騎士が懸命《けんめい》に戦った末に倒せるものだと知っているからだ。

以前も感じたことがあるけれど、自分の中にある未知の能力が、少しだけ怖《こわ》くなる。

「あ」

そんな中、少し先の廊下《ろうか》に鮮《あざ》やかな赤色を見つけた。

そのまま歩いていくと彼の方も私に気が付いたらしく、こちらへ近づいてくる。

「お前、なんで執務室にいなかったわけ」

「研究所に行ってたんだ。もしかして私のこと探してたの？」

「別に、ただ聞いただけ」

ぷいと顔を背《そむ》けたリアムは、燃えるような赤髪《あかがみ》をくしゃりと片方の手でかきあげた。

――リアム・アストリーは私と同じ王国魔術師であり、国一番の火魔法の使い手だ。

彼は私よりも六つ年下の十七歳だというのに、魔力量も攻撃力も桁外《けたはず》れで、騎士団の師団長をも凌《しの》ぐそうだ。

リアムと初めて会ったのは四ヶ月前、スレン様に王城の案内をされている時だった。

『おや、ようやくお出ましですか』

『……うわ、最悪』

廊下でスレン様に出会《でくわ》すなり、リアムはあからさまに嫌な顔をして、赤い瞳を細めた。

見た目は息を呑《の》むほどの美少年で、私も最初は思わず見惚《みと》れてしまったほどだ。

『サラさん、こちらが王国魔術師の仲間であるリアムです』

こんなに若いのにすごいなあと思いながら、笑顔を向ける。

『初めまして、サラです。よろしくね』

『は？　俺の方が先輩《せんぱい》だけど。敬語くらい使えよブス』

『ぶ……』

高身長のリアムは私を見下ろしながら腕《うで》を組み、はんと鼻で笑う。

直接、それも初対面でブスなんて言われたのは生まれて初めてで、呆然とする私とリアムの間にスレン様が割って入る。

『リアム、女性に対してそんなことを言ってはいけません。サラさんもすみません、口も態度も良くないのですが、悪い子ではないので』

『い、いえ。私こそすみません』

ブスという暴言は間違《まちが》いなく良くないものの、今のは私が悪い。

元の世界では高校生くらいの年齢《ねんれい》でも、天才と謳《うた》われる彼は王国魔術師として私より二年以上も先輩だというのに。

『リアムさん、よろしくお願いします』

『言われた通り年下にへこへこするとかだっさ。俺の足引っ張んなよ、おばさん』

『…………』

反省して再び声をかければ、そんな返事をされる。スレン様もいる手前、その場でキレなかった自分を褒《ほ》めてあげたい。

最悪の初対面を経て関わるうちに分かったことだけれど、リアムの精神年齢はかなりのお子様で、それでいて地位が高いため、周りも扱いに困っているようだった。

私も顔を合わせる度に、失礼な態度をとられる日々。

そんな中、一緒に参加した遠征でリアムが、騎士団の人にキレたことがあった。

『お前らが雑魚《ざこ》なせいで、この俺が怪我したんだけど？　どうしてくれるんだよ』

『も、申し訳ありません……ですが、私達も精一杯で……』

近くにいた騎士から話を聞いたところ、騎士団の人々が管轄《かんかつ》の場所で倒しきれなかった魔獣が、今回のメインの討伐対象である魔獣と戦闘していたリアムへ襲《おそ》いかかり、気を取られたことで怪我をしたらしい。

怪我と言っても腕を少し切っただけのかすり傷で、私は後方から見ていたけれど、騎士団の人々が命懸《いのちが》けで精一杯戦っていたことも分かっていた。

『あれくらい倒せねえ無能なら、騎士なんてやめれば？』

『……申し訳、ありません』

リアムの心ない言葉に対しても立場の差があるせいか、騎士達は言い返すこともなく、苦しげに謝罪の言葉を紡《つむ》ぐだけ。

その態度が余計にリアムを助長させ、一方的な糾弾《きゅうだん》は過熱していく。

『お前らごとき、俺なら簡単にやめさせることだってできるんだよ』

『……っ』

各自の役割を果たしきれなかったことに対し、リアムが怒る気持ちも分かる。

それでも、今の発言はどうしても許せなかった。

『リアム！　ちょっと来て！』

『はあ？　なんだよいきなり、おい離せよ！』

リアムの腕を掴み、少し離れた場所まで連れて行く。たとえリアムが間違っていたとしても、あの場で私がリアムをきつく叱《しか》るのは、彼や王国魔術師の矜持《きょうじ》に関わるからだ。

私はリアムと向き合うと、まっすぐに彼のルビーのような瞳を見つめた。

『リアムが怒る気持ちも分かるよ。それでも、今のは間違ってると思う』

『なんでだよ』

『リアムの王国魔術師っていう肩書《かたが》きは、権力を笠《かさ》に着て、自分より下の立場の人を脅《おど》したり追《お》い詰《つ》めたりするためのものじゃないから』

『…………』

それから私は、少しでもリアムに伝わってほしいという気持ちを込《こ》めて、リアムが持つ力は力を持たない人達を導き守るために使うべきだということ、誰もがリアムのように生まれ持った特別な才能があるわけではないことなどを、一生懸命に話した。

彼は先輩といえど同じ役職であり、私にもその資格があると思ったから。

けれど私もまた、いつものように罵倒《ばとう》されることを覚悟《かくご》していた。

ところが意外にもリアムは驚いたような、戸惑ったような反応をした後、じっと私を見つめ返しながら黙《だま》って話を聞いてくれている。

『だからもう、あんなことは言っちゃだめだよ。他の人が許したとしても、私は絶対に許さないから』

やがて最後にはっきりそう告げると、リアムの瞳が揺れた。

『……わかった』

　そして少しの後、今にも消え入りそうな声でリアムはそう言った。

　てっきり「うるせえクソババア」くらいは言われると思っていたから、驚きを隠せなかったものの、私の気持ちが少しは届いたらしい。

　一緒に先程の言葉を取り消しに行こうというお願いにも、渋々頷《しぶしぶうなず》いてくれる。

『さっきのは、わるかった。もう言わない』

　まるで小さな子どものような言葉だったけれど、騎士団の人々は驚きながらも「こちらこそ申し訳ありませんでした」「ありがとうございます」と優しい笑顔を返してくれた。

『偉《えら》いね、リアム！　私、すっごく嬉しい』

『うるさい、お節介《せっかい》ババア』

『いいよそれで』

　それからもリアムが間違ったことをする度に、私は何が悪いのか、その結果周りの人にどんな影響《えいきょう》があるのか、どう思うかなどを伝えていった。

　少しずつ関わるうちに、身体の大きな子どもみたいだということが分かった。

『自分がされて嫌なことはしちゃダメだって、小さい頃《ころ》お母さんに言われなかった？』

『ああ。親なんていないからな』

『……え』

『それに叱られたことなんてなかったから、何が悪いのか分からない』

過去については話そうとしないし、リアムのことを私はほとんど知らない。

それでもリアムの言動に問題があるのは彼自身ではなく、これまで育ってきた環境《かんきょう》によるような気がしていた。

そう思うと放っておけなくて、いつしかリアムのことを気にかけるようになった。

『偉いね。二日連続で仕事場にちゃんと来てくれたんだ』

『別に。お前に関係ないだろ』

相変わらず口も態度も悪いものの、子どもだと思うと腹も立たなくなるもので。ちゃんと関わっていく中で、やはり根は悪い子ではないということも分かってきた。

一度だめだと伝えたことはもうしないのが、何よりの証拠《しょうこ》だった。

『なあ、どこ行くの』

『資料を届けに行くだけだよ。一緒に行く？』

『……散歩したい気分だから、行く』

そうしているうちに、リアムは少し懐《なつ》いてくれたのか、私の後ろをちょこちょこついて回るようになった。

最近では私も昔のルークみたいで可愛い、なんて思うようになっている。

『サラさんの出勤の日は、リアムも来てくれるようになりましたね。昔は年に数回しか顔を出してくれずに困っていたのに』

『は？　黙れよスレン、もう二度とこねえからな』

『ふふ』

以前よりは出勤が増えただけで、決して褒められる日数ではない。それでもリアムにとっては十分な進歩らしく、私まで嬉しくなる。

ちなみにリアムはスレン様に対して、一番反抗的《はんこう》だった。負《ま》けず嫌《ぎら》いなリアムは、自分よりも魔法使いとして優れているスレン様を敵視しているらしい。

愛らしくてまさに天使だったルークとは違い、全く素直《すなお》ではないけれど、なんだか憎《にく》めないのがリアムという男の子だった。


そんなリアムと並んで歩きながら、再び騎士団本部へと向かう。

「別に送ってくれなくても大丈夫だよ」

「勘違《かんちが》いすんな、散歩して帰るだけだし」

「今さっき来たばっかりなのに？　ちゃんと仕事しないと」

「俺は魔獣をぶっ殺す仕事しかしたくない」

「もう。仕事って、やりたいことだけできるものじゃないよ」

そんなリアムの火魔法使いとしての実力は本物だ。過去に魔獣と戦う姿を見たことがあるけれど、その圧倒的な強さには言葉を失ってしまった。

全てを炎《ほのお》で燃やし尽くす姿はあまりにも一方的で暴力的で、同じ「王国魔術師」という立場であることに、畏縮《いしゅく》してしまったくらいに。

「それなら明日もちゃんと来てね。事務作業だってやってもらいたいんだから」

「お前は何時にくんの」

「私？　私はお昼からだよ」

「……ふうん」

どうしてそんなことを聞くのだろうと、不思議に思ったけれど。翌日、リアムは私の登城に合わせてやってきたものだから、やっぱり可愛いなあと笑ってしまった。


その日の晩、私はお洒落《しゃれ》なレストランで、お酒の入ったグラスを手に愚痴《ぐち》をこぼしていた。

「それでね、スレン様ってば私の机の上まで汚《よご》したんだから」

「うわあ……想像したらゾッとするわ」

向かいに座るティンカは両手で口元を覆い、私に同情の眼差しを向けている。

「私、スレン様に憧れてたのに……知りたくなかったなあ」

肩を落とすティンカは元々、スレン様のファンだったらしい。

騎士団に務めている恋人とは順調なので、恋愛対象ではなく芸能人のファンみたいな感覚のようだった。

ティンカだけでなくスレン様のファンは驚くほど多く、同じ職場の私も女性達にスレン様への手紙を渡すよう頼《たの》まれたり、彼について色々尋《たず》ねられたりすることも少なくない。

容姿はずば抜けて良いし地位も名誉もあり、外ではそれらしく振る舞《ま》っているため、実際の姿を知る人はほとんどいないみたいだった。

「でも、ギャップがあって可愛いじゃない」

私の隣でふわりと微笑んだのは、リディア様だ。ティンカを誘いに騎士団本部へ行った際、偶然門の前で会って彼女も誘い、今に至る。

実はこうしてリディア様と共に食事や飲みに行くことも、最近は増えていた。

彼女の幼馴染《おさななじみ》であるカーティスさんを中心にみんなで食事に行ったのがきっかけで、そこで改めて意気投合し、個人的にも会うようになった。

「そうですか？　リディア様の好みって未だに分からないんですよねえ」

「ふふ、私自身もよく分からないの」

リディア様から実は友人が少ない、遊びに誘われることも滅多《めった》にない、と聞いた時には驚いたけれど、高嶺《たかね》の花すぎてみんな近寄りがたいだけに違いない。

私だって初めて誘う時には、緊張してしまった記憶がある。

最初は身分差もあり、リディア様に対して気を遣《つか》っていたティンカも、今では良い友人として仲良く一緒に過ごしている。

「でも、これまで好きになった人とかって……あ」

そこまで言って慌《あわ》てて口を噤《つぐ》んだティンカに、リディア様は眉尻を下げて微笑んだ。

「私はもう、ルーク様のことは吹《ふ》っ切《き》れているから大丈夫よ。むしろ諦《あきら》めるきっかけができて良かったと思っているから」

全く気にする様子もないリディア様に、私も内心ほっとする。

カーティスさんからも「前よりも明るくなった気がする」と聞いていた。

「だから私には気を遣わないで、ルーク様との話も聞かせてね」

「リディア様……」

「私、誰かのそういう話を聞くのってロマンス小説を読んでいるみたいでドキドキして、すごく好きなの」

愛らしい笑顔を向けられ、同性でもきゅんとしてしまう。

リディア様は第一印象と変わらず、どこまでも優しくて素敵《すてき》な女性で、これからも仲良くしたいと心から思っている。

「私も最近のサラとルーク師団長の話、気になる！」

「ええ。聞かせてほしいわ」

「えっ？　え、ええと……」

二人は机に身を乗り出して目を輝かせており、戸惑ってしまう。

この間のルークの部屋での出来事なんて、間違いなく二人の期待するドキドキするような明るい恋愛の話題ではない。

「その、ほとんど変わっていないというか……だから面白い話も何もなくて」

「えっ？　いやいや、さすがに恋人になったんだから、色々と進展はしてるでしょ」

ティンカが言いたいことも、もちろん分かっている。

結局私は、恥を忍んで告白することにした。

「……キスだって、一回しかしてないんだよ」

「えっ」

「えっ」

驚いた二人の声が重なり、余計にいたたまれなくなる。

こんな悩みを友人に打ち明けるのは恥ずかしくて、今まで相談できずにいた。

「や、やっぱり、普通じゃないよね……？」

どうしてこうなってしまったのかと考えてみると、思い当たることはいくつもあった。

そもそも私は完璧なルークと違い、特別なものは何もない。

たまたま異世界に来た時に渡り人として特別な魔法を得たけれど、それは私の努力によるものではなかった。

何より幼い頃に出会っていなければ、きっとルークは私を好きになっていない。彼の視界に入ることもないまま、別の道を歩んでいただろう。

そんな気持ちから少しでも釣り合うようになりたいと一生懸命仕事に取り組み、自分にできることを頑張っているつもりだけれど、差が簡単に埋《う》まるはずはなかった。

「……はあ」

「サ、サラ、すごい飲みっぷりだね……」

グラスを空けると、ティンカがすぐにボトルから注いでくれる。

——ルークは私が初恋《はつこい》で、大事にしてくれている。けれど、女性としての魅力がないと思われているのなら、恋人として側にいられる期間は残り僅《わず》かかもしれない。

酔《よ》っているせいか、そんな不穏《ふおん》なことも頭をよぎる。

つい肩を落としてしまった私に、二人は慌てた様子を見せた。

「きっとルーク師団長はサラを大切にしてるんだよ！　それにサラは十分魅力的だって」

「ええ。ずっとサラさんを慕《した》っていた分、ゆっくり進んでいきたいのかもしれないわ」

必死にフォローしてくれる二人に、胸が温かくなる。

グラスに入っていたお酒を一気に飲み干すと、目頭《めがしら》が熱くなっていくのを感じた。

――ルークの愛情を疑っているわけじゃない。大切にしてくれていることも、私を想ってくれていることだって分かっている。

それでも。

「……私だって、ルークのことが大好きなのに」

だからこそ、もっと近づきたい、触れ合いたいと思ってしまう。ルークがどんな気持ちでいるのか、気になって仕方なかった。

好きという気持ちに変わりはなくとも、手を出されない理由が「やっぱり家族感が強くて女として見られない」というものだったなら、私はもう立ち直れない気がする。

そう思うと怖くて自分からルークに触れることも、理由を尋ねることもできずにいる。

不意にふわりと良い香りがして、気が付けば私はリディア様に抱きしめられていた。

「リ、リディア様……!?」

「ごめんなさい、サラさんがあまりにも可愛いんだもの。今の姿をルーク様が見たら、一気に解決しそうなものだけれど」

少し酔っているらしく、嬉しそうに私の身体にぎゅっと腕を回すリディア様の愛らしい姿に、笑みがこぼれる。

私が男性だったなら、一瞬《いっしゅん》で恋に落ちていたに違いない。

「でも、大好きなサラが同じ屋根の下にいて手を出さないのって、すごいよ。きっとサラからもっとぐいぐい行けば、ルーク師団長だって我慢《がまん》の限界がくると思うな」

「本当に？」

「サラさんは素敵な女性だもの。きっかけさえあれば変わるかもしれないわ」

お酒が入っているせいか、二人の言葉が天啓《てんけい》のように思えてくる。

これまでずっとルークが積極的に私に歩み寄ってくれていたし、私の方からももっと頑張ってみるべきなのかもしれない。

「でも、どうやってそういう雰囲気に持っていくのかも分からないし……こないだも失敗しちゃったし、そもそも恥ずかしいし……」

「飲めばいいんだよ！　飲めばサラも積極的になれるから！」

「ええ。私も一緒に飲むわ」

「うう……」

それからも三人でお酒を飲み続け、いつしか酔いが回ってしまい、結局私はティンカとリディア様に屋敷まで送り届けられてしまった。

帰宅後、メイド達に手伝ってもらってなんとか寝《ね》る支度《したく》をして、ベッドに倒れ込む。

そうしてうとうとしていると、室内にノック音が響《ひび》いた。

「サラ？　もう寝ていますか」

いてくる。


「ううん」

「良かった。入りますね」

どうやらルークが仕事を終えて帰ってきたらしい。

ぐったりと目を閉じたまま返事をするとドアが開いた音がした後、ルークの足音が近づいてくる。

ルークはどんなに激務で忙しくても、私が起きている時間には会いに来てくれる。会おうとしてくれる。

だからこそ今日もきっと、こうして様子を見に来てくれると思っていた。

ベッドが少し沈《しず》む感覚がして、ルークが側に腰掛《こしか》ける。

「俺のお願いを無視して、たくさん飲んだでしょう」

「ごめんね。お仕事おつかれさま」

「ありがとうございます。サラが楽しかったのなら良かったです」

指先で髪をそっと撫《な》でられ、小さく心臓が跳ねた。

ゆっくりと重たい瞼《まぶた》を開ければ、優しい表情で私を見下ろすルークと視線が絡んだ。

こういう顔を見ると、本当に愛されていると実感する。

同時に私もルークが大好きだという気持ちが込み上げてきて、胸がいっぱいになった。

――きっと、今しかない。

「ルーク」

「なんですか？」

名前を呼んで手を伸ばせば、ルークは私の口元に耳を寄せてくれる。

そのまま腕を伸ばして抱きつくと、ルークの身体がびくりと小さく跳ねた。

「サラ？」

「ルーク、すき。だいすき」

普段はあまり自分から好意を伝えられないけれど、アルコールの力を借り、勇気を出して素直な気持ちを紡いでみる。

すると少しの間の後、ルークは私を抱きしめ返してくれた。

「……俺の方が、絶対に好きですよ」

その声音《こわね》からも、優しい手つきからもルークの愛情が伝わってくる。

やがてルークは私から少し身体を離し、吐息《といき》がかかりそうな至近距離で視線が絡む。

「サラ」

ルークの蜂蜜《はちみつ》色の瞳は溶け出しそうなほど熱を帯びていて、また心臓が跳ねる。

再び距離が縮まっていき、キスされると思った瞬間、なぜか我に返ったような表情を浮かべたルークは、ぱっと私から離れた。

そして小さく息を吐《は》き、すぐにいつも通りの笑みを浮かべる。

「もう疲れたでしょう？　そろそろ寝た方が良さそうですね」

戸惑う私の頭を軽く撫で「おやすみなさい」と言うと、ルークはあっという間に部屋から出て行ってしまった。

「どうして……」

その場に一人残された私の口からは、無意識にそんな言葉がこぼれ落ちる。

明らかに今のルークの反応も態度もおかしかった。間違いなくキスをする雰囲気になったというのに、無理に避けたような感じがした。

やはり二度も続くとルークは私に触れる以上のことを望んでいない、としか思えない。

「……ルークのばか」

不安を払拭したくて頑張って勇気を出したのに、余計に不安が大きくなる結果となってしまい、枕《まくら》にぼふりと顔を埋めた。

ぐるぐる考えすぎたせいか、酔いがさらに回ってきて目を閉じる。

そして今日ももどかしくて切ない気持ちになりながら、私は夢の中へ落ちていった。

サラの部屋を出て、早足で自室へ戻《もど》り、ドアを閉める。

ドアに背を預けると、俺はずるずるとその場にしゃがみ込んだ。

「……っ」

今のは、本当に危なかった。

顔やサラに触れていた手、触れられた場所、何もかもが熱くて、目眩《めまい》がする。

『ルーク、すき。だいすき』

あんな風に触れられて、愛情のこもった表情を向けられて、好きだと言われて、平常心でいられるはずがなかった。

あのまま口付けて、何度も何度も唇《くちびる》を奪《うば》って、もっと触れたいと望んでしまった。

――最初は、もう一度会えるだけでいいと思っていた。

サラと再会し、この胸にあるものが恋情《れんじょう》だと気が付いてからも、サラの側にいられるだけでいい、彼女が幸せならそれだけでいいと思ったこともあった。

だが、サラから好意を返してもらってからはもう、だめだった。

サラにもっと好かれたい、触れたい、俺だけのものにしたい――そんな自分勝手な欲が止まらなくなり、自分が自分でなくなっていく感覚がする。

「……本当に、どうしようもない」

十五年以上想い続けて、ようやくサラに男として好きだと言ってもらえたのだ。

サラにとっては「弟」「家族」から「男」「恋人」になれたばかりだというのに、こんな邪《よこしま》な想いを抱いてはいけないことも分かっている。

――何よりサラがこんな俺を知って、嫌われるのが怖かった。

恋人として彼女と過ごせる毎日が幸せすぎて、この日々が壊《こわ》れるのが怖かった。

「サラ……」

名前を呼ぶだけで、愛《いと》しさが溢れて止まらなくなる。

サラの恋人でいられる奇跡《きせき》のような今を、愛しいサラを大切にしたいと思いながらも、しばらくサラに触れられた頬の熱が治まることはない。

「……俺は、こんなにも欲深い人間だったんだな」

独りよがりのこんな汚《きたな》い欲は隠し、サラが好きになってくれた自分でいなければ。

きつく拳《こぶし》を握りしめ、何度も自分にそう言い聞かせた。

2 同盟国への出張

「――出張、ですか？」

尋《たず》ね返した私に、スレン様はやけにニコニコとした笑顔《えがお》で「はい」と頷《うなず》く。

スレン様がこの胡散臭《うさんくさ》い笑《え》みを浮《う》かべる時は大抵《たいてい》、こちらにとってよくない話をすると気が付いたのは、いつだっただろうか。

「同盟国のマリアーク王国の一部で魔獣《まじゅう》が大量発生し、討伐《とうばつ》が追いつかないそうです。そこでサラさんを含《ふく》めた我が国の精鋭《せいえい》達に、手伝いに行ってもらうことになりました」

「マリアーク王国……？」

いつもの国内の討伐遠征《えんせい》だと思っていた私の口からは、戸惑《とまど》いの声が漏《も》れる。

「それって、結構長期になりますよね？」

マリアーク王国までは、確か行くだけでも一週間くらいかかるはず。その上、大量の魔獣を討伐して帰ってくるのだから、最低でも一ヶ月以上は要するに違《ちが》いない。

私に選択肢《せんたくし》はないと分かっていてもルークは絶対に反対するだろうし、私自身、ようやく慣れてきたこの国を離《はな》れることも、長期間ルークと離れることにも不安がある。

けれど最近の私は、ルークと恋人《こいびと》としての関係が進まないのを気にして邪《よこしま》なことばかり考えていたし、頭を冷やして仕事に集中するいい機会かもしれない。

ルークと少し離れることで、一緒《いっしょ》に住んでいると難しかった『距離《きょり》を置く』という方法を試《ため》すこともできる。

この世界に来てからというもの、ルークとの距離は近すぎたように思う。

色々と考えているうちに黙《だま》り込んでしまっていたため、私が遠征に対して不安を抱《いだ》いていると思ったのだろう。スレン様は「安心してください」と続けた。

「今回はルーク師団長にも同行してもらおうと考えています」

「えっ？」

「あなたを危険な場所に行かせるだけでも文句を言われそうなのに、一ヶ月もお借りしては殺されてしまいそうなので」

そんな言葉から、私が王国魔術師《まじゅつし》になった当初、スレン様とした過去のやりとりを思い出す。

『そういえば先日、ルーク師団長が挨拶《あいさつ》に来て「サラをよろしく頼《たの》みます」と言われましたよ。この立場になってから、あんなにも圧をかけられたのは初めてでした。よっぽどサラさんのことが大切なんですね』

『えっ？　す、すみません……！』

『いえ、羨《うらや》ましい限りです。ルーク師団長とは何度か話をしたことはあったのですが、イメージが変わりました。以前はどこか空虚《くうきょ》な感じを受けていたので』

会話の内容は教えてもらえなかったけれど、ルークがどんな態度で何を言ったのかは容易に想像がつく。

「リアムも一緒なので、保護者代わりとしてよろしくお願いします」

「……ぜ、善処します」

以前に比べるとかなり落ち着いたものの、リアムは騎士《きし》団員と反りが合わないようで、目を離すと揉《も》め事《ごと》を起こすのだ。

今回は他国での大切な仕事だし、いつも通りの調子では絶対にまずい。

私がしっかりしなければと、気合を入れた。

「ちなみに今回は私も一緒に行きますね。なんだか楽しそうですし」

「スレン様まで国を離れて大丈夫《だいじょうぶ》なんですか？」

王城での仕事から逃《に》げるためだろうと察しつつ、リアムやスレン様といった力のある魔《ま》法使《ほうつか》いが一気に国を空けて大丈夫なのだろうか。

「縛《しば》り付《つ》けてでもザカリーは登城させます。それに、我が国の騎士団は優秀《ゆうしゅう》ですから」

ザカリーさんや騎士団の方々がいれば、大抵のことは大丈夫だそうだ。

「魔獣を皆殺《みなごろ》しにした後には、数日の自由時間も設けますから、ぜひルーク師団長とラブラブ旅行気分で観光でも楽しんでください」

「そんな物騒《ぶっそう》な旅行あります？」

ラブラブで過ごすどころかドロドロ血みどろな旅行になりそうだと思いつつ、私はスレン様を見上げた。

「でも、スレン様もリアムもいるのなら、ルークは一緒じゃなくて大丈夫です」

「そうなんですか？」

二人がいれば私も安心だし、ルークと少し距離を置く作戦もやってみたい。

そう思った私は、深く頷いた。

「はい、お気持ちだけいただいておきます。ありがとうございます」

「そうでしたか。では、変更《へんこう》しておきますね」

結婚《けっこん》をしているわけでもない、ただの恋人同士にこんな気遣《きづか》いをしてもらうなんて、本来ならあり得ないことだと分かっている。

だからこそ、スレン様には感謝しているけれど、これほどの特別扱《とくべつあつか》いをしてもらわなくても済むように、私も成長しなければ。

「スレン様、いつも気遣ってくださりありがとうございます」

「いえ、私の方こそサラさんには日頃《ひごろ》とても助けられていますから。もうサラさんのいない生活は考えられないくらいですよ」

「スレン様……」

日頃の私の頑張《がんば》りは無駄《むだ》ではなかったのだと思うと、ほろりと涙《なみだ》が出そうになる。

これからもできる限り期待に応えられるようになろうと、やる気が出てきた。

「ちなみに緊急《きんきゅう》事態が起きた際には、私が転移魔法を使って戻《もど》ることになっています」

「でも、国をまたぐような転移は負担が大きいって……」

「内臓がいくつか潰《つぶ》れるだけですよ。その際は治療《ちりょう》のためにサラさんも連れ帰ることになるので、よろしくお願いしますね」

スレン様は「あ、もちろん潰れるのは私の内臓だけなのでご安心を」なんて恐《おそ》ろしいことを言い、笑ってみせる。

それほどの戦力が必要なほど、隣国《りんごく》の状況《じょうきょう》は悪いのだろう。

「サラさんは今、何か欲《ほ》しいものはありますか？」

「欲しいもの、ですか？」

遠征の話が終わり仕事に戻ろうとしたところ、突然《とつぜん》予想外の質問をされ、目を瞬《まばた》く。

「はい。いずれサラさんが大きな働きをした時に与《あた》えられる褒賞《ほうしょう》は何がいいかなと。知っておけば、私も色々と準備ができるので」

王国魔術師に関しては、陛下からスレン様に色々と権限が与えられているらしい。

過去、リアムは大きな功績を残した際、稀少《きしょう》なサラマンダーをペットとして欲しいと無理を言い、多くの人が苦労をした末、無事に進呈《しんてい》されたという。

「こういうのは遠慮《えんりょ》せず、言った方がいいですよ」

「……その、私は爵位《しゃくい》が欲しいです」

スレン様に背中を押され、正直にずっと手に入れたいと願っていたものを口にする。

――王国魔術師になる際、スレン様は「王国魔術師としてしっかり働いていれば、男爵《だんしゃく》位くらいはいずれ与えられますよ」と話していた。

この世界では、平民と貴族の隔《へだ》たりは大きい。王国魔術師という地位があっても、私が平民のままではこの先、不便なことも多々あるはず。

それにこの先もルークとずっと一緒にいるのなら、爵位を得るというのは重要なことだった。

「なるほど、承知しました。お任せください」

スレン様は満足げに微笑《ほほえ》み、肘《ひじ》をついて組んだ両手に顎《あご》を乗せた。

そんな仕草も絵になるなと思いながら、お礼の言葉を紡《つむ》ぐ。

「それと、遠征の出発は一週間後です。頑張りましょうね」

「はい、分かりました」

週末は、前から計画していたルークと二人で遠乗りに行く予定だった。

けれどこればかりは仕方ないし、ルークも納得《なっとく》してくれるだろう。

目標のためにも精一杯《せいいっぱい》、頑張ろうと決めた。

その後、第三王女様が怪我《けが》をされ、その治療を終えた私は、休憩《きゅうけい》してきていいと言われたこともあり、離宮《りきゅう》からの帰り道にあった庭園の隅《すみ》のベンチに腰《こし》を下ろした。

王城の庭園は常に草木が丁寧《ていねい》に剪定《せんてい》され、多くの花々が咲《さ》き誇《ほこ》っており、特別花が好きなわけではない私でも、ずっと眺《なが》めてしまうくらいに美しい。

ふうと一息《ひといき》吐《つ》き、あと少しだけ休んだら執務《しつむ》室へ戻ろうと思っていると、近くから複数の女性の声が聞こえてきた。

視線を向ければ、少し離れた場所で王城のメイド達が洗濯《せんたく》物を干しているのが見えた。

「さっき騎士団に用事があったんだけど、廊下《ろうか》ですれ違ったカーティス様に挨拶をしたら笑顔で返してくださったの！」

「まあ、羨ましい。私にもそんな仕事が回ってこないかしら」

やはり騎士団の男性は人気らしく、楽しげに話に花を咲かせている。

「やっぱり恋人にするなら、騎士が一番よね。私達には師団長クラスの方々なんて手が届かない存在だけれど」

「恋人と言えば、ルーク師団長に新しい恋人ができたじゃない？」

そんな中、不意にルークの名前が出て、どきりとしてしまう。

「そうそう、あの王国魔術師の地味な人」

「正直釣り合《あ》ってないわよね。しかも平民らしいし、なぜルーク様に選ばれたのかしら」

「特別美人でもなければ色気だってないし、リディア様みたいな方なら納得できるのに」

耳に届いた言葉が刃《やいば》のように胸に刺《さ》さって、抜《ぬ》けなくなる。

ルークとの関係を彼女達に認められる必要なんてないと分かっていても、どれも事実で否定できないからこそ、息苦しくなった。

ルークと釣り合っていないことだって、もちろん分かっている。

それでも実際にこうして他人の口から聞くと、どうしようもなく傷付いてしまった。

「渡《わた》り人だから得られた魔法で、地位もお金も手に入れられて羨ましいわ」

「ルーク様だって、そのうち飽《あ》きるんじゃない？」

以前、剣術《けんじゅつ》大会の際にも、こんな風に悪口を言われているのを聞いたことがあった。

けれど今はその時よりもずっと、心が痛む。

きっとこの世界に戻ってきた頃《ころ》以上に、ルークのことを好きになっているからだ。

「……っ」

それ以上はもう聞いていたくなくて、私は心臓のあたりを押さえて立ち上がり、逃げるようにその場を離れた。

帰宅後まっすぐバスルームに向かい、自室のソファでタオルドライをしていると、先に帰宅していたルークがやってきた。

「帰ってきていたんですね」

「うん、ごめんね。すぐにお風呂《ふろ》に入りたくて」

本当はルークと顔を合わせたくなくて避《さ》けてしまったなんて、言えるはずもない。ルークには何の非もないのだから。

ルークは隣《となり》に座ると、私の顔を覗《のぞ》き込んだ。

「元気がないように見えます」

「ううん、そんなことないよ！　少し疲《つか》れちゃっただけで」

「そうでしたか。あまり無理はしないでくださいね」

罪悪感や劣等感《れっとう》のせいか、ルークの優《やさ》しさが余計に胸に沁《し》みる。

心配げな表情でじっと見つめられ、思わずぱっとルークから顔を逸《そ》らした。

「サラ？」

「い、今の私、化粧《けしょう》もしてないから……」

「？　それがどうかしたんですか？」

ルークは不思議そうに首を傾《かし》げているし、生活感は敵、色気が大事だと言われた数日前までの私だって、そんなことを全く気にしていなかった。

けれど「地味」「美人じゃない」と囁《ささや》かれていたのを耳にしたこともあって、ありのままの顔を見せるのが恥《は》ずかしくなってしまう。

何よりこれまで屋敷《やしき》の中での私は、あまりにも気を抜きすぎていた。

当初はルークを異性として意識していなかったこともあり、寝起《ねお》きすっぴん髪《かみ》ぼさぼさの状態で部屋の外を出歩いたり、酔《よ》って散々な姿を見せたりしていたのだ。

思い返すと顔を覆《おお》いたくなるような出来事は、数えきれないほどある。恋人になって関係が変わってからも、習慣付いたその生活に変化はないまま。

その結果、ルークが私に女性としての魅力《みりょく》を感じなくなったとしても当然だった。

ルークの好意に甘えきっていた自分が情けなくなる。

私が心の中で猛省《もうせい》する一方、ルークは濡《ぬ》れた私の髪に触《ふ》れ、テーブルの上に置いておいたドライヤーに似た魔道具《まどうぐ》へと視線を向けた。

「俺が髪を乾《かわ》かしても？」

「えっ？　そんな、大丈夫だよ！　ルークも疲れてるだろうし、自分でできるから」

「いえ、サラに触れるための口実です。だめですか？」

断ろうとしても、ルークは子犬のような眼差《まなざ》しを向けてくる。結局「お願いします」とまで言われて、頷いてしまった。

そしてルークは髪を手ぐしで梳《す》きながら、丁寧に乾かし始める。温かな風とルークの優しい手つきが心地《ここち》よくて、静かに目を閉じた。

「本当はこうして朝から晩まで、俺がサラの全ての世話をしたいくらいです」

「えっ……す、全ての世話……⁉」

「はい。何もかも」

けれどルークの爆弾《ばくだん》発言に、私ははっと目を開けた。

全ての世話をしてあげたいだなんて、恋人に向ける言葉なのだろうか。私が過去、小さなルークに対して抱いていた気持ちに近いような気がしてならない。

やはり家での私の生活力が低いせいだろうかと、冷《ひ》や汗《あせ》が出てくる。もうスレン様のことを言えないと思いながら、ルークの中の自分像がどんどん気になっていく。

「終わりました」

「あ、ありがとう」

髪を乾かし終えたルークは、魔道具をことりとテーブルに置くと、私の頬《ほお》に触れた。

「そういえば、帰りにスレン様から討伐遠征についての話を聞きました。俺は必要ない、と言ったそうですね」

「えっ」

普段《ふだん》よりも低いルークの声音《こわね》に、どきりと心臓が跳《は》ねる。

まさか私がルークとの遠征の話を断ったことが本人に伝わってしまうなんて、想像もしていなかった。

そんな戸惑いが顔に出ていたのか、ルークは続ける。

「サラに遠征の話がいくのと同時に、俺にも話があったんです。それなのに急に行かなくても良いと言われて、理由を尋ねたんです」

「…………」

「どうしてそんなことを言ったんですか」

優しく笑顔で尋ねてくれているけれど、間違《まちが》いなくルークは怒《おこ》っている。

そんな風に伝わっていたなら当然だし、ルークはそもそも私一人で行かせたくなかったはず。

けれどまさか「距離を置いてみたかったんです」なんて言えるはずもない。

「その、必要ないなんて言ってなくて、スレン様もリアムも一緒だから安心だし……私情でこんな風にお仕事で気を遣《つか》ってもらうのは良くないかなって」

「リアムというのは、最近サラの周りをうろついている子どもですか」

「こ、子ども……」

王国魔術師であるリアムを「子ども」と言ってのけるのはきっと、王城内でもルークくらいではないだろうか。私も心の中ではそう思っているけれど。

「騎士団内でも彼に対しての不満は多いです。俺も何度か討伐で顔を合わせていますが、とてもまともだとは思えません」

「でも、最近は少しずつ変わってきてるんだよ！　根は悪い子じゃないし」

吐《は》き捨《す》てるようなルークの言葉に、思わず反論してしまう。

確かに元々のリアムの態度は褒《ほ》められたものではなかったけれど、最近は彼なりに努力はしていた。

きっとこれからも、リアムは変わっていくと私は信じている。

「……そうですか」

そう呟《つぶや》いたルークに、無造作に膝《ひざ》の上に置いていた手を握《にぎ》られる。

「だからルークも安心して――」

「いえ、サラがなんと言おうと俺も必ず行きます。そのつもりでいてください」

圧のある口調で断言されてしまい、私は「はい」と返事をすることしかできない。

やはり『距離を置く』という作戦は難しいようだった。

あっという間に迎《むか》えた遠征当日、私は朝早くから王城へやってきて準備をしていた。

遠征中の予定や荷物の確認《かくにん》などでお互《たが》いに忙《いそが》しく、今朝はルークとは別行動だ。

「……ふう」

――これから向かうマリアーク王国のヨルガガル大森林では現在、原因不明の魔獣の大量発生が起きていると事前会議で聞いている。

討伐難易度の高い魔獣も数多くいるらしく、いくらリーランド王国の騎士や王国魔術師が優秀でも、かなりの危険が伴《ともな》うはず。

今からそこへ向かい、長期間にわたって魔獣と戦い続けると思うと緊張《きんちょう》してしまう。

怪我人《けがにん》だって必ず出るだろうし、全て治しきれるだろうかという不安もある。

「しっかりしなきゃ」

それでも全力で取り組もうと決めて軽く頰を叩《たた》き、気合を入れて城門へ向かうと、そこは大勢の人で溢《あふ》れ返っていた。

遠征に向かう騎士や魔法使い、それを見送る人々。一ヶ月という長期のため、荷物も多く、馬車や馬も数えきれないほどだった。

「サラ！」

そんな中、名前を呼ばれて振《ふ》り返《かえ》った先には、見慣れたふたつの顔があった。

「あっ、ティンカ、カーティスさん！」

二人も見送りに来てくれたらしく、すぐに駆《か》け寄《よ》る。

「俺も行きたかったんだけど、さすがに無理って言われちゃってさ」

「当たり前ですよ！　カーティス師団長にはしっかり国を守ってもらわないと」

「責任重大だなあ」

いつも通りの二人のやりとりに、肩《かた》の力が抜けていくのが分かった。

「サラちゃん、気を付けてね。ルークも一緒だろうから大丈夫だとは思うけど」

「はい。ありがとうございます」

「でも、行くのがルークだけだったら浮気《うわき》のチャンスだったのに、残念だったな」

「何をバカなことを言っているんですか」

突然ぐいと後ろに抱き寄せられたかと思うと、耳元で聴《き》き慣れた声がする。

見上げた先には、予想通りルークの姿があった。

「サラは浮気なんてしません」

はっきり言ってのけたルークに対して、カーティスさんは意地の悪い笑みを向ける。

「世の中には絶対なんてないんだし、そんな余裕《よゆう》でいると足を掬《すく》われるかもよ？　もしもサラちゃんが浮気したらどうすんの？」

「相手を殺すだけです」

「ええっ」

そう即答《そくとう》したルークに、間の抜けた声が漏れる。そこで私を殺す対象に入れていないあたり、ルークらしくて余計にリアルで怖《こわ》い。

カーティスさんの隣に立つティンカも、顔を強張《こわば》らせている。

「はは、重い男だなあ」

「事実ですから」

「そ、そもそも私は絶対に浮気なんてしないから、大丈夫だよ」

「はい。分かっていますよ」

ルークは眩《まぶ》しすぎる笑みを返してくれ、私の手を取った。

「ではカーティス師団長、俺達はもう行くので」

「ああ、行ってらっしゃい」

やけに「俺達」を強調したルークに手を引かれて、馬車へと向かう。

「これから一週間、サラと一緒に過ごせると思うと嬉《うれ》しいです」

「そうだね。今日までずっと忙しくて、顔を合わせることも少なかったし」

一ヶ月も国を離れるため、その準備で今日まで仕事に追われ続けていた。お互い家にまで仕事を持ち帰るほどで、ゆっくり話す時間もほとんどなかった。

けれど多忙《たぼう》のお蔭《かげ》で、ルークとの関係について悶々《もんもん》とすることはなく過ごせた。

ルークと何の進展もないまま五ヶ月が経《た》とうとしていることを思い出すと、もやもやしてしまうけれど、今回はあくまで仕事なのだ。

そう考えるとやはりルークも一緒だというのは、何よりも安心感がある。

色々あったものの、共に行くことになってよかった、なんて都合の良《い》いことを思ってしまったくらいに。

「今日のサラも、とても可愛《かわい》いです。その髪型《かみがた》もよく似合っています」

「本当？　ありがとう」

忙しくて死にそうだった中でも、これまでの干物《ひもの》っぷりを反省した私は、ひっそりと女子力向上作戦を始めていた。

屋敷の中でも身だしなみを整えているし、今もルークが以前褒めてくれた髪型をして、お気に入りのスカーフで括《くく》っている。

――もちろんその頑張りも虚《むな》しく、今日までルークからキスを迫《せま》ってくるようなことなんて、一切《いっさい》起きていないのだけれど。

「ありがとう。前に可愛いって言ってくれたのが嬉しくて、またしちゃった」

「……俺が言ったから？」

「もちろん。他に誰《だれ》がいるの」

そう答えれば、ルークは口元を片方の手で覆い「嬉しい」「可愛くて困る」なんて呟く。

その顔はほんのりと赤く染まっていて、少しでも効果がありますようにと祈《いの》らずにはいられなかった。

「今日は天気も良いし、順調な旅になるといいな」

リーランド王国の王都からマリアーク王国の国境までは、馬車で五日ほどかかる。そこから王都までは、さらに馬車で二日ほどかかるそうだ。

つまり一週間、一日中馬車に揺《ゆ》られていることになる。

私は馬車の移動に慣れていないため、一日だけでもお尻《しり》が痛くなってしまう。

これまで何度、治癒《ちゆ》魔法に感謝したか分からない。

『ルーク師団長とも同じ馬車になるよう手配しておきましたから、楽しんでくださいね』

スレン様の配慮《はいりょ》によって、ルークと一緒に移動できると聞いていたため、今回は馬車の移動も苦ではないと思っていた——けれど。

「なあ、喉乾《のどかわ》いた」

私の向かいで偉《えら》そうに足を組み、背もたれに体重を預けているリアムは、そんなことを言ってのける。

リアムの隣に座っているスレン様は、今回の遠征のために溜《た》め込んでいた仕事を三日間徹夜《てつや》して片付けたらしく、馬車に乗り込んだ瞬間《しゅんかん》からすやすやと寝息《ねいき》を立てていた。

「お茶でいい？」

「ん」

リアムの偉そうな態度は日常茶飯事《にちじょうさはんじ》で、仕方なく鞄《かばん》からお茶を出して渡そうとすると、私の隣に座っていたルークによって腕《うで》を摑《つか》まれた。

「……ルーク？」

「お前、サラに対してその態度はなんだ」

「は？　お前には関係ないだろ、いつものことだし」

「今すぐ降りろ」

「ちょ、ちょっとルーク！　落ち着いて！」

ルークはリアムの態度に本気で怒っていて、今にもリアムを馬車から引きずりおろしてしまいそうだった。

こんな狭《せま》い馬車の中で揉めては危ないし、これから大切な任務があるというのに、出発早々問題を起こすわけにはいかない。

特に騎士団は揉め事に厳しいと聞いているから、尚更《なおさら》だった。

「ごめんね、ルーク。後でリアムにはちゃんと言い聞かせておくから」

最初の態度があまりにも酷《ひど》かったため、感覚がおかしくなって、これくらい全く気にしていなかった私にも非がある。

「サラはこんな扱《あつか》いを受けていい人ではありませんから」

「……ありがとう」

ルークは私自身よりも私を大切にしてくれていて、胸が温かくなる。

今後は気を付けなければと思いながらルークの手を握ると、そっと握り返された。もう怒ってはいないようで、ほっとする。

「つまんな」

一方、リアムは不貞腐《ふてくさ》れたようにそう言って目を閉じた。

スレン様同様、寝《ね》るつもりらしい。

急に静かになった車内から、窓の外へと視線を向ける。

仕事としての責任感はあるものの、私はこのリーランド王国から出たことがないため、異世界の他国へ行けるというのは楽しみだった。

「ルークは外国、行ったことある？」

「はい。仕事でいくつか」

「どうだった？」

わくわくしながら尋ねたものの、ルークは「どうとは？」と首を傾げている。

「景色が素敵《すてき》だとか、食事が美味《おい》しかったとか、その国で感じたこと、考えたことかな」

「サラのことを考えていました」

「もう、いつもルークはそればっかりなんだから」

「本当のことですから。この景色をサラにも見せたいだとか、この料理を食べたらどんな反応をするだろうか、なんてことばかりです」

「ルーク……」

最近はついつい一緒にいるのが当然みたいに思っていたけれど、こうして今、当たり前のように二人でいられるのは奇跡《きせき》なのかもしれない。

「無事に討伐が終わればゆっくりできるみたいだし、一緒に見て回ろうね」

「はい。夢みたいです」

「ふふ、ルークは本当に大袈裟《おおげさ》なんだから」

地味だと揶揄《やゆ》され、ルークと釣り合っていないと思われていることに対しての焦《あせ》りや、ルークに女性として見てもらえていないかもしれない、という悩《なや》みはまだある。

それでも今はこんなに大事に想《おも》われて、幸せだと思えた気がした。

それから三日後、宿泊《しゅくはく》予定の宿に到着《とうちゃく》し、ふらふらと馬車から降りた私はとてつもない解放感に包まれ、涙が出そうだった。

「や、やっと着いた……」

出発直後からずっとリアムの生意気な態度は続き、叱《しか》りつつ、今にも攻撃《こうげき》を繰《く》り出《だ》しそうなルークを宥《なだ》め続けていたのだ。

最近のリアムは周りと揉め事も起こさない良い子だったのに、なぜかルークにだけはやけに突《つ》っかかる。それが不思議で仕方なかった。

スレン様はよほど疲れていたらしく、死んだように眠《ねむ》り続けていた。あまりにも長時間眠っているものだから、何度かルークと呼吸を確認したくらいだ。

「ルーク、リアムが本当にごめんね」

私は荷物を下ろし終えたルークの元へ向かい、大きな手を掬い取って握りしめた。

「サラが謝る必要なんてありませんし、久しぶりにゆっくり話ができて嬉しかったです。まあ、あのガキは許しませんが」

いつも丁寧な言葉遣いのルークがガキ呼ばわりをするあたり、リアムに対して相当苛立《いらだ》っていることが窺《うかが》える。

途中《とちゅう》、スレン様を叩き起こして馬車を移動できないかと尋ねたものの、今のリアムを追い出せば、間違いなくトラブルを起こして馬車が吹き飛《ふと》ぶと言われてしまった。

頭が痛くなるのを感じつつ、後で改めてリアムと話をしようと決めて、私はルークと共に宿へ足を踏《ふ》み入《い》れた。

宛《あ》てがわれた部屋でゆっくりとお風呂に浸《つ》かり、皆《みんな》で美味しい夕食を食べたことで、だいぶ元気を取り戻すことができた。

まだ寝るには早い時間で、宿の周りを散歩でもしようとルークの部屋へ向かっていたところ、見覚えのある騎士と出会《でくわ》した。

「あ、ちょうどいいところに！　良ければこの後、近くの飲み屋で一杯《いっぱい》やりませんか？」

そんな誘《さそ》いをしてくれたのは、ルークの隊の若い騎士であるレオンくんだった。

彼は少し長めの若草色の髪がよく似合う青年で、とにかくルークが好きでルークに憧《あこが》れているらしい。私にも懐《なつ》いてくれていて、とても可愛い。

そのまま二人でルークの部屋にお邪魔《じゃま》して「どうする？」と尋ねれば、サラに任せますという答えが返ってきた。

どうせ明日も明後日《あさって》も馬車に揺られて移動するだけだし、隣国に着いてからは連日魔獣討伐のため、こんな機会もなくなるはず。

何より少し飲んで気分転換《てんかん》したかった私は、お誘いを受けることにした。

この辺りは第二都市の近くでそれなりに栄えていて、飲食店もちらほらあるんだとか。

「他にも何人か声をかけてみますね！　サラさんも誰か誘いたい方がいれば、ぜひ」

「うん、ありがとう」

——とはいえ、今回のメンバーにはスレン様とリアムくらいしか知人はいない。

　協調性のない王国魔術師メンバーが仕事外で集まったことなどもちろんなく、二人がお酒を嗜《たしな》むかどうかも私は知らなかった。

とりあえず上着を取りに行くため、ルークと別れて一度、自分の部屋へと向かう。

その途中で、ばったりリアムに出会した。

「何してんの」

「これから少し飲みに行こうと思って」

出発してからというもの、私以外と関わっていない彼のことが実は気がかりだった。

スレン様のことはいつも通り無視で、ルークとは睨《にら》み合う仲、それ以外の人とは視線も合わせようとしない。

——リアムはその実力と立場から、一目置かれている。その上、態度が良くないものだから、周りから彼に話しかけようとする様子もなかった。

それでも一ヶ月近くある遠征中、ずっと一人だなんて寂《さび》しいに決まっている。スレン様にも保護者代わりだなんて言われたせいか、放っておけなかった。

ちなみにこの世界では、十六歳から飲酒が許可されている。

リアムはよく「馴《な》れ合いなんて面倒《めんどう》で嫌《きら》いで必要ない」と言っているし、誘ったところで、きっと来ないと思っていたのに。

「ねえリアム、これからみんなで飲みに行くんだけど来ない？」

「……行く」

「えっ、本当に？」

「は？　お前が誘ったんだろ」

ダメ元で声をかけてみたため、まさか行くと言うとは思わず、驚《おどろ》いてしまう。

少しほっとしつつ騎士団の人達に失礼な態度をとらないよう言い聞かせていると、こちらへ向かってくる足音が聞こえてきた。

「おや、どこかへ行くんですか？」

振り返った先にいたのはスレン様で、リアムに後ろから抱きつき「離せおっさん」と思い切り蹴《け》り飛ばされていた。

嫌われていることを分かっていながら、スレン様はやけにリアムに絡《から》もうとするのだ。

「リアムや騎士団の方々と、飲みに行こうって話をしていたんです」

「楽しそうですね。私もお邪魔しても？」

「ええっ」

まさかスレン様まで参加するとは思わなかったものの「ぜひ」と返事をする。

「騎士団の方々はスレン様に憧れているとルークから聞いていますし、喜ぶと思います」

「それは嬉しいですね」

ルークいわく騎士団の飲み会でもよく名前が上がるくらい、スレン様と一度一緒に遠征に行った騎士は皆、憧れてやまなくなるのだという。

実は私はまだ、スレン様が思い切り魔法を使うところを見たことがない。だからこそ、今回の討伐でその姿を見られると思うと、少しだけドキドキしてしまう。

そうして私達は三人で、近くの酒場へ向かうこととなった。


「ルーク、お待たせ」

「………………」

店の前で合流すると、私の隣にいるリアムを見て、ルークは形の良い眉《まゆ》を寄せた。

「どうしてお前がいるんだ」

「こいつがどうしても俺に来てほしい、って言うからだけど?」

「は？」

リアムの言葉にはかなりの語弊《ごへい》があるものの、私から誘ったことに間違いはないし、はっきりと否定もできない。

「そうなんですか？　サラ」

「ほら、せっかくだし！　みんな一緒の方が楽しいですよね？　スレン様」

「そうですね。ほら、行きましょう」

ルークからの圧を感じて冷や汗が止まらず、スレン様に助けを求める。

するとスレン様はいつもの調子でルークの背中を押して店の中に入っていき、私はほっと安堵《あんど》の溜め息を吐《つ》いた。


「乾杯《かんぱい》！」

賑《にぎ》わう酒場の中に、グラスを合わせる音と明るい声が響《ひび》く。

宿のすぐ近くにあった酒場は小洒落《こじゃれ》た雰囲気《ふんいき》で、お酒もおつまみも美味しい。

全部で十五人ほどが集まっており、私はルークとリアムの間に座っている。

「サラ、次もいつものでいいですか？」

「ありがとう、ルーク」

私はいつも通りお茶割りで、ルークはウイスキーのロックを飲んでいる。

リアムは赤ワインかと思いきや、ワイングラスに入ったブドウジュースをちびちびと飲んでいて、可愛いなあと笑みがこぼれた。

「あ、あの……じ、じじじ自分、スレン様にずっと憧れておりまして……！」

「おや、ありがとうございます」

そしてリアムの隣に座るスレン様の存在により、私達以外はみんな背筋を伸《の》ばし、緊張した様子だった。

誰もが羨望《せんぼう》の眼差しを向けていて、マイペースにワインを飲むスレン様も、当たり前のようにそれを受け止めている。

日頃のゆるゆるとした態度のせいで感覚が麻痺《まひ》していたけれど、私が思っている以上にスレン様は本来、遠い人なのだと実感した。

『陛下以外、誰も私のことを誘ってくれないんです』

酒場へ向かう道中、スレン様はそう言っていたけれど、理由は明白だった。スレン様のプライベートは完全に謎《なぞ》に包まれているため、余計に誘いづらいのかもしれない。

「俺はサラさんのいた世界の話、聞いてみたいです！」

「ぜひ。なんでも聞いてください」

なんとなく顔は知っていても話したことがない人や、初めましての人もいたけれど、みんな楽しくて良い人ばかりでお酒も進む。

時折リアムにも話を振れば、ぶっきらぼうながらも返事はしてくれた。

「俺、火魔法使いなんですけど、火魔法を極《きわ》めているリアム様に憧れてるんです！」

「……ふーん」

中にはリアムに憧れていたり、リアムと話してみたかったという人もいたりする。

リアムはふいと顔を背《そむ》けていたものの、照れているのか少しだけ耳が赤かった。

「サラ、酔っていませんか？」

「うん。二日酔《ふつかよ》いで馬車移動なんて恐ろしすぎて、ちゃんとセーブしてるよ」

「偉いです」

ルークは私の頭を撫《な》でてくれて、周りからは生暖かい視線を向けられる。ルークは人前で触れ合うことに対して、全く恥ずかしさを感じないタイプらしい。

私はもちろん恥ずかしいけれど、あまり嫌《いや》だと言うとルークがしょんぼりするため、これくらいは黙っているようにしていた。

「それにしても、師団長とサラさんはお似合いですね」

「あ、ありがとう……！」

先日、王城のメイド達に散々な言われようだったせいで、お世辞だとしても嬉しい。

ルークは「当然だ」なんて言いながら、グラスに口をつけている。

「俺もいい出会いが欲しいなあ……そうだ、お二人はどこで知り合ったんですか？」

そんなレオンくんの質問に、周りも「確かに気になる」と口々に頷く。

とはいえ、正直に答えるのも少し恥ずかしいし、話が長くなってしまう。

どう答えたら良いものかと助けを求めてルークを見上げれば、思わずどきりとしてしまうほど、柔《やわ》らかな笑顔を向けられた。

「子どもの頃、家族に見捨てられて死にかけていた俺をサラが助けてくれたんだ。それから俺はずっとサラが好きで、ようやく振り向いてもらえた」

大勢の前ではっきりと「好き」と言われ、顔が熱くなっていく。

すると不意に、視界の端《はし》で興味なさげにしていたリアムが、ぱっと顔を上げた。真紅《しんく》の瞳《ひとみ》は見開かれていて、初めて見る表情をしている。

「ルーク師団長にそんな過去があったなんて……つまりサラさんは命の恩人なんですね。師団長が一途《いちず》に想われているのも納得です」

周りの人々にやはりお似合いだと囃《はや》し立《た》てられる中で、リアムだけは何か考え込むようにどこか遠くを見つめていて、気がかりだった。

「リアム？　どうかした？」

「……別に。ただムカつくだけ」

「何がムカつくの？」

先程《さきほど》までは機嫌《きげん》が良さそうだったのに、ルークが話をした途端《とたん》、急に様子が変わった。

怒っているというよりは、どこか悲しげにも見える。

「俺だって――」

「さ、明日も早いですし、今日はこの辺りでお開きにしましょうか」

リアムが何か言いかけたところで、スレン様が無理やり肩を組んで抱き寄せた。リアムはいつも通り「離せ！」と騒《さわ》ぎ立てていて、少しだけほっとする。

この数日間で気付いたけれど、スレン様はリアムが可愛くて仕方ないらしい。片想《かたおも》いなのが悲しいところではあるものの、スレン様に気にする様子はない。

「おい、ほんと離せよ！　おっさんに抱きつかれても嬉しくないっつの！」

「おっさんだなんて失礼な、私はまだ二十八ですよ」

「俺より十以上も上だろ」

そんな二人のやりとりに、みんなで笑ってしまう。

「王国魔術師の方々とこうしてお話しができて、とても素敵な時間を過ごせました。本当にありがとうございます」

「こちらこそ。また帰りにでも」

深々と礼をする騎士の方々と別れ、四人で宿へ戻ろうとしたところ、リアムは何も言わずにどこかへ行ってしまった。

引き留めようとしたけれど、スレン様に「子どもではないですし、リアムなら大丈夫ですよ」と言われ、伸ばしかけた手を引き寄せる。

誰よりも腕は立つし、リアムが危険な目に遭《あ》うとは思っていない。けれど、最後に見えた横顔がとても寂しげに見えて、心配になってしまった。

――あんな表情を、私は昔どこかで見たことがあった気がしたから。

「今日は新鮮《しんせん》で、とても楽しかったです。騎士団の方々はとても酒に強いのですね」

「きっと帰りもこうして集まるでしょうし、また参加してくださるとみな喜びます」

「はい、ぜひ」

スレン様とルークのやりとりに耳を傾《かたむ》けながら、静かに空を見上げる。

王都よりも星がよく見えて、ずっと眺めていられそうな美しさだった。

海が近いらしく、冷たい潮風が頬を撫でていく。そのお蔭で宿に戻る頃には、酔いも醒《さ》めそうだった。

「それと余計なお世話かもしれませんが、早めに籍《せき》を入れることをお勧《すす》めします」

「えっ？」

突然のスレン様の発言に、私だけでなくルークも金色の目を瞬いている。

「あなた達は特別ですから」

その言葉の意味はよく分からないものの、スレン様が私達の恋愛事《れんあい》に興味があるとはとても思えない。

きっと何か理由があり、私達のことを気遣った上で言ってくれているのだろう。

――実はこれまで、ルークと具体的に結婚の話をしたことはなかった。

まだ恋人という関係になって数ヶ月だし、貴族と平民という身分差もある今、当然と言えば当然だけれど。

だからこそ、どう反応していいか分からず、ちらっと隣を歩くルークを見上げた。

「……ありがとうございます。肝《きも》に銘《めい》じます」

「はい」

ルークは真剣《しんけん》な表情で、まっすぐ前を見据《みす》えている。

爵位を得られたらずっと一緒にいられると思っていたけれど、ルークが同じ気持ちでなければ、なんの意味もない。

心の中に焦燥《しょうそう》感が広がっていくのを感じながら再び空を見上げ、溜め息を吐いた。

3 もどかしい距離

リーランド王国の王都を出発してから、ちょうど一週間が経《た》つ。

予定通りに旅は進み、私達は無事にマリアーク王国の王都に到着《とうちゃく》した。

「わあ……！」

気候や人々の様子もリーランド王国とあまり変わらないものの、建物なんかは違《ちが》って、窓の外の景色を見ているだけで胸が弾《はず》む。

服装なんかはアジア系の文化に似ていて、派手な色や柄《がら》が好まれているようだった。露店《ろてん》で売られている食べ物なども見たことがないものが多く、気になってしまう。

「討伐《とうばつ》が終わったら、一緒《いっしょ》に見て回りましょう」

わくわくしているのが顔に出ていたのか、ルークがそう言ってくれる。

つい観光気分になってしまっていたけれど、国の代表として来ているのだから、馬車を降りてからは仕事モードに切《き》り替《か》えなければ。

「あー、ようやくこの移動から解放されんのか。まじでだるかった」

ぐっと両腕《りょううで》を伸《の》ばすリアムは酒場に行った翌朝、いつも通りに戻《もど》っていた。

けれど何故《なぜ》かあの日から少し大人しくなり、暴言を吐《は》くこともルークに喧嘩《けんか》を売ることもなくなっている。

お蔭《かげ》で後半の馬車の旅は、とても心穏《おだ》やかに過ごすことができた。

私達が滞在《たいざい》する王城は中心地にあるらしく、あと五分ほどで到着するという。

同盟国の代表の一人として来た以上、絶対に粗相《そそう》のないようにしなければと、肩《かた》に力が入るのを感じていた。


「この度《たび》はご足労いただき、誠《まこと》にありがとうございます」

城門前でずらりと並ぶ人々によって、丁寧《ていねい》に出迎《でむか》えられる。マリアーク王国の騎士《きし》団長や宰相《さいしょう》といった方々とも挨拶《あいさつ》をして、今回の協力に関して深く感謝された。

「お荷物をお持ちしますね」

「ありがとうございます」

やがて騎士らしき男性に大きな鞄《かばん》を渡《わた》したところ、男性は一瞬《いっしゅん》だけ顔をしかめた。

すぐに右腕《みぎうで》はほとんど使わないように持ち替えたことから、もしかすると怪我《けが》をしているのではないかと気付く。

「あの、もしかしてどこか怪我をされていますか？」

「すみません、大した怪我ではないんですが……」

「見せてください、すぐに治しますから」

戸惑《とまど》う男性に腕を見せてもらい包帯を解くと、まるで爪《つめ》で引《ひ》き裂《さ》かれたような深い傷跡《きずあと》があった。どう見たって「大した怪我ではない」なんてことはない。

両手をかざして治癒魔法《ちゆまほう》を使うと、あっという間に傷は消えていく。

「すごい……あなた様が王国魔術師《まじゅつし》のヒーラーなんですね」

驚《おどろ》いた反応をした男性は私の話を聞いていたらしく、どこか納得《なっとく》した様子だった。

話を聞いてみたところ、治癒魔法使い《ヒーラー》の魔力《まりょく》の回復が怪我人《けがにん》が出るペースに追いついていないらしく、まだ治療《ちりょう》ができていない大勢の怪我人がいるのだという。

想像していた以上に、状況《じょうきょう》がかなり良くないことが窺《うかが》える。

「後でその方達のところへ案内してください」

私にできること、私にしかできないことが、きっとたくさんある。

マリアーク王国の人々の力になれるよう最善を尽《つ》くそうと、先程《さきほど》まで旅行気分になっていた自身に喝《かつ》を入れた。

それからは、王城内のそれぞれに宛《あ》てがわれた客室へすぐに案内された。私の部屋はとても豪華《ごうか》で広く、高級ホテルみたいだという感想を抱《いだ》く。
今回の討伐場所——魔獣《まじゅう》が大量発生しているというヨルガル大森林は王城から馬車で

三時間ほどの距離《きょり》にあり、王城を拠点《きょてん》に行動することになるらしい。

野営をする必要がないのはありがたく、安心して眠《ねむ》れそうだ。

明日以降は毎朝四時に王城を出発し、大森林へ向かうという。

「今夜は歓迎会《かんげいかい》が催《もよお》されますので、夕方にまたお手伝いに参ります」

これから一ヶ月間、私の担当をしてくれるメイドによると、今夜は王城内の大広間にて私達の歓迎パーティーが行われるという。

パーティーと言っても堅苦《かたくる》しいものではなく、立食形式のとても気楽なもので、私達以外にはマリアーク王国の上位貴族の一部の人々が参加するんだとか。

「……よし」

それまでまだ時間はあるし、荷物を置いて一息《ひといき》吐《つ》いた私は、早速《さっそく》怪我をしている人々の元へ案内してもらうことにした。

それからはひたすら治癒魔法を使い続け、王城にいた人々の怪我を治しきった私は自室へと戻り、メイドに身支度《みじたく》をお願いした。

『サラ様、本当にありがとうございます』

『はい。また何かあれば、すぐに声をかけてください』

怪我をしていた人々からは心からの感謝をされ、無事に治療できて良かった。

「こちらでいかがでしょうか？」

「ありがとうございます！　すっごく可愛《かわい》いです」

服装は自由らしく、スレン様やリアムに合わせて王国魔術師のローブを選んだ。髪《かみ》はメイドに丁寧に結《ゆ》ってもらい、あっという間に可愛らしいアップヘアが完成していた。

「サラ様が外出されている間、何度かハワード卿《きょう》がいらっしゃいました」

「えっ？」

軽く化粧《けしょう》もしてもらっていると、そんな話をされる。

私が治療をして回っている間に、何度かルークが様子を見に来てくれたらしい。

何か用事があったのかと気になったけれど、この後の歓迎会で会えるだろうし、直接聞いてみることにした。

支度《したく》を終えた私は、歓迎会に参加すべく大広間へとやってきていた。

「わあ……」

想像していたよりも参加者は多く、会場はとても賑《にぎ》わっている。

久しぶりの宴《うたげ》らしく、大変な状況ではあるものの、これから始まる討伐に向けて、現地の騎士達の決起会にもなっているのだろう。

私はこういった集まりには一度しか参加したことがなく、少し緊張《きんちょう》していたけれど、聞いていた通りの気楽な雰囲気《ふんいき》で胸を撫《な》で下《お》ろす。

私だけでなく騎士の中には平民もいるため、王国側の気遣《きづか》いなのかもしれない。

「……あ」

そんな中、人混みの奥にルークの姿を見つけた。これほど大勢の人がいてもすぐに見つけられるくらい、ひときわ目立っている。

見るからにマリアーク王国の要人だという男性達と話をしていて、声をかけるのは後程《のちほど》にすることにした。

さすがに一人ぼっちで食事をするのは寂《さび》しいなと辺りを見回していると、とりわけ賑やかな人だかりがあることに気が付く。

その中心にいたのはスレン様で、やはりどこでも有名人らしい。

「遅《おそ》かったじゃん」

給仕《きゅうじ》からシャンパングラスを受け取り、ひとまず壁際《かべぎわ》へ移動しようかと考えていると、同じローブ姿のリアムに声をかけられた。知人に会えたことで、少しほっとする。

「早速少し仕事をしてたんだ。リアムは一人？」

「当たり前だろ」

「じゃあ、一緒にご飯食べよっか」

「……勝手にすれば」

素直《すなお》ではないものの、大広間の中心へ向かいながら手招きをすると、大人しくついてくるリアムが可愛くて笑《え》みがこぼれる。

バイキング形式で長いテーブルの上には、隣国《りんごく》の特産品で作られたという美味《おい》しそうな料理が数多く並んでおり、胸が高鳴った。

「どれが食べたい？」

「なんでお前がそんなこと聞くんだよ」

皿を手に取って尋《たず》ねれば、リアムはきょとんとした顔をする。

「あっ、ごめんね。勝手にとろうとしちゃった」

つい子ども扱《あつか》いしてしまって、リアムの分の料理をよそおうとしてしまった。

余計な世話を焼くなと、また怒《おこ》られると思ったのに。

「……それと、それ」

リアムはいくつかの料理を指差して、素直に教えてくれた。

内心驚きつつ、注文通りによそっていく。

我ながら綺麗《きれい》に盛り付けられたと満足し、皿を手渡《てわた》せばリアムは「ありがと」と消え入りそうな声でお礼を言ってくれて、妙《みょう》な感動をしてしまった。

「へえ、結構美味《うま》いな」

「スパイスが効いていて美味しいね。この魚料理、おすすめかも」

料理の味付けもリーランド王国とは違って、インド料理に近い感じがする。

「じゃあ、とって」

「はいはい」

ずいと皿を差し出すリアムが偉《えら》そうなことに変わりはないものの、なんだか小さい子どもみたいで可愛く見えてきた。

「あちらの方、とても素敵《すてき》じゃない？」

「リーランド王国の王国魔術師様だそうよ」

野菜もきちんと食べさせようと盛り付けていると、少し離《はな》れた場所にいる若い貴族令《れい》嬢《じょう》がこちらを見て頬《ほお》を染め、楽しげに話をしていることに気が付いた。

その視線は、私の隣《となり》に立つリアムへ向けられている。

確かにリアムは超《ちょう》がつくほどの美少年で、初めて見た時には私も思わず見惚《みと》れてしまったことを思い出す。

「リアム、モテてるみたいだよ」

「俺は強くてかっこいいからな」

「みんな綺麗だし、せっかくだから少し話をしてきたら？」

「バカ言うな。俺は女が好きじゃないんだ」

リアムは細かく刻まれた野菜が乗ったクラッカーを口に放り込むと、肩を竦《すく》めた。

その話は初耳だったけれど、普段《ふだん》リアムが彼に近づこうとする女性達に対し、辛辣《しんらつ》な態度をとるのにも納得がいく。

「私も女だけど」

「お前は別、あんま女って感じがしない」

そんなリアムの言葉に、私は内心大きなショックを受けていた。やはり私には女性らしさが足りないのだと、せっかく忘れかけていた悩《なや》みを思い出してしまう。

もっと女子力を上げようと、心の中で涙《なみだ》を流しながら決意した。

「それにしても、女の人が多いね」

「この国は年々魔法使いが減ってるから、魔法を使える強い男を捕《つか》まえるために若い器量の良《い》い女を参加させてるらしい」

「えっ」

「力のある魔法使いから魔法使いは生まれやすいしな。スレンが言ってた」

まさかこのパーティーにそんな思惑《おもわく》があるなんて、思ってもみなかった。

確かにあちこちに、美しく着飾《きかざ》った女性と楽しげに話す騎士の姿が見受けられる。

「討伐を終えた頃《ころ》には、この国に残るって言い出す奴《やつ》も出てきそうだよな」

リアムは他人事《ひとごと》のように平然と話しているものの、私は戸惑いを隠《かく》せずにいた。

胸《むね》の奥がざわつくのを感じていると、突然《とつぜん》会場の一部が騒《さわ》がしくなった。

「おい、すごい美人だな」

「ああ」

頬を染める男性達の視線を辿《たど》った先には、一人の女性の姿があり、その輝《かがや》くような美貌《びぼう》に誰《だれ》もが釘付《くぎづ》けになっている。

腰《こし》まである鮮《あざ》やかな桃色《ももいろ》の髪に、長い睫毛《まつげ》に縁取《ふちど》られた大きな茜色《あかねいろ》の瞳《ひとみ》。小さな顔の上には、形の良いパーツが完璧《かんぺき》な位置に並んでいた。

歳《とし》は私よりも少し若いくらいだろうか、歩く姿も些細《ささい》な所作も美しく、同性の私でも思わずどきっとしてしまうほどの色気を纏《まと》っている。

「皆様《みなさま》、ようこそいらっしゃいました。わたくしはマリアーク王国第四王女、アンジェリク・マリアークと申します。以後お見知り置きを」

マリアーク王国のお姫《ひめ》様らしく、その高貴なオーラや佇《たたず》まいにも納得がいく。

身に纏う露出《ろしゅつ》の多い華《はな》やかな真紅《しんく》のドレスと真っ白な陶器《とうき》のような肌《はだ》が、女性らしい豊満な身体《からだ》つきを引き立てていた。

あまりの美しさとスタイルに、同じ女性として敗北感を覚えてしまう。

「あんな美女、生まれて初めて見たぞ」

「リディア様もお美しいが、全く違うタイプだよな」

あちこちからそんな声が聞こえてきて、誰もが私と同じ感想を抱いているようだった。

「俺、ああいう女って嫌《きら》いなんだよな。女って感じの女」

私の隣に立つリアムだけは違うらしく、興味なさげにお肉を頬張《ほおば》っている。

堂々と歩く姿も美しく、つい見惚れてしまっていると、ふと王女様がとある一点で視線を止めたことに気が付いた。

「──え」

その視線の先にはルークの姿があって、息を呑《の》む。

王女様はまっすぐルークの元へ向かい、心臓が嫌《いや》な音を立てていく。

予想が当たっていないことを祈《いの》りながら胸の前で手を握《にぎ》りしめたものの、やがて彼女はルークの目の前で足を止めた。

「初めまして、素敵な騎士様。お会いできて光栄です。お名前を伺《うかが》っても？」

先程よりもずっと愛らしい笑顔《えがお》を向け、カーテシーをしてみせる。

「あの女、お前の男を狙《ねら》ってるみたいだな」

「……っ」

リアムの言葉に、胸がずきんと痛む。

ルークにだけ向けられた笑顔や、ルーク以外に自ら声をかけなかったことから分かっていたけれど、こうして言葉にされると焦燥《しょうそう》感が募《つの》っていく。

「……ルーク・ハワードと申します」

「ルーク様、とても綺麗なお名前だわ」

両手を合わせてはしゃぐ姿からは、ルークへの好意がはっきりと見てとれる。

一方のルークは無表情のまま、淡々《たんたん》と彼女の問いかけに答えていた。

「おや、アンジェリクはハワード卿を気に入ったのか。流石わしの娘《むすめ》、目が高い。ハワード卿はリーランド王国で指折りの水魔法使いだそうだ」

そこへやってきた国王陛下は、満足げに王女様とルークの肩に手を置く。

「まあ、そんなにもお強いのですね……！」

魔力も多く魔法の才能に溢《あふ》れ、騎士としての功績を多々残してきたルークは、マリアーク王国が求める男性として最適だろう。

「この後、別室で少し飲まないか。リーランド王国の騎士団の話も聞いてみたい」

「…………」

陛下にそう言われて、一騎士の立場で断れるはずなんてない。けれどルークは、形の良い唇《くちびる》を真横に引き結んだまま。

陛下は笑顔ではあるものの、場の雰囲気が気まずいものへと変わり始めた時だった。

「それでは私もご一緒しても？　ルーク師団長は口数が少なくて、シャイなもので」

「まあ、そうでしたのね」

その場へやってきた明るいスレン様の声が響《ひび》き、王女様はほっとしたように微笑《ほほえ》む。

スレン様にフォローをされ、もう仕方ないと思ったのだろう。ルークは小さく頷《うなず》き、四人は別室へと向かっていく。

その光景を遠目に見つめていると、不意にこちらを振《ふ》り返《かえ》ったルークと視線が絡《から》んだ。私を見つめるルークの蜂蜜《はちみつ》色の瞳は、悲しげに細められている。私に対して、罪悪感を抱いてくれているに違いない。

歩幅《ほはば》が小さくなり、歩みが止まりかけたルークの背中をスレン様がそっと押す。やがて姿は見えなくなった。

――ルークに堂々と女性が言い寄ることも、ルークが人前で強く拒否《きょひ》できないことも、仕方ないと分かっている。

妻帯者ならまだしも私達は婚約《こんやく》すらしていない、ただの恋人《こいびと》同士なのだから。

この世界の貴族社会において、口約束の関係など大した意味をなさない。

だからこそ、事実独身であるルークがあの場で一国の王女様に恥《はじ》をかかせるなんて、言語道断だった。

そんな中でルークが陛下の誘《さそ》いに対して口を閉ざし続けていたのも、先程の悲しげな眼《まな》差《ざ》しも全て、私に心配をかけまいという気持ちからだとも分かっていた。

『それと余計なお世話かもしれませんが、早めに籍《せき》を入れることをお勧《すす》めします』

ふと先日のスレン様の言葉が蘇《よみがえ》り、今になってようやくその意味を理解する。

スレン様はこういった場面に対して、危惧《きぐ》していたのだと。

「お前、大丈夫《だいじょうぶ》なわけ?」

リアムは食事をする手を止め、じっと私を見下ろす。子ども扱いをしているものの、身長は私よりも十五センチ近く高い。

「うん、大丈夫だよ」

「へえ? そうは見えないけど」

「本当だってば。ルークは私を大切にしてくれてるし」

まるで自分に言い聞かせているみたいだと思いながら、小さく息を吐く。

ルークが心変わりをするなんて、思っていない。

それでも本当はルークが呼ばれていったのも、王女様が私と正反対な女性らしい魅力《みりょく》に溢れた美女だったのも、不安で嫌で仕方なかった。

リアムは興味なさげに「だといいな」なんて言い、デザートのチョコレートケーキにフォークを差し入れた。


それから三時間後、私とリアムはぐったりとしながら王城の廊下《ろうか》を歩いていた。

「お前のせいで、俺までこんな時間まで……」

「ご、ごめん」

あれから今までずっと、私達はマリアーク王国の人々の質問攻《ぜ》めにあっていた。

『なんと、渡り人であられましたか！ 我が国では二百年前から現れていないんです』

『ええ、ええ。生きている間にお目にかかれるとは』

やはりどの国でも渡り人は珍《めずら》しく貴重な存在のようで、渡り人だと認知《にんち》された途端《とたん》、あっという間に囲まれてしまったのだ。

特に私のいた世界——この世界の人々にとっては異世界が最も気になるらしく、食生活から政治の制度までかなり細かく聞かれた。

けれどそのお蔭で、最後まで会場へ戻ってこなかったルークについて考える余裕《よゆう》もほとんどなかったため、ありがたかった。

一緒にいたリアムも人の輪に囲まれて出られなくなり、色々と質問をされては、答えになっていない適当な答えを返していた。

「明日も早いのに、こんな時間になっちゃった……ふわあ」

「ふわあ……さっさと風呂《ふろ》入って寝《ね》る」

二人して欠伸《あくび》をして、宛てがわれた部屋へ向かっていると、突然リアムが足を止める。

「リア——むぐっ」

「少し口閉じろ」

「………？」

口を開いた途端、リアムの手によって塞《ふさ》がれる。

一体どうしたのだろうと歩みを止めたのと同時に、聞き覚えのある声が耳に届いた。

「――俺はここで失礼します」

「分かりましたわ。無理を言って申し訳ありません」

突《つ》き放《はな》すようなルークの低い声と、王女様の甘ったるい声に心臓が跳《は》ねる。

リアムが顎《あご》で示した廊下を曲がった先には二人の姿があった。向こうからこちらは死角になっているのか、私達の存在には気付いていないらしい。

「明日でも明後日《あさって》でも良いので、ルーク様と二人きりで過ごしたくて」

「恋人がいるので、王女様のご期待には添《そ》いかねます」

私の存在を告げてはっきりと断ってくれたルークに、じーんとしてしまう。

「まあ、そうでしたの。これほど素敵な方にお相手がいない方がおかしいですものね」

くすりと笑った王女様の、数歩分の足音が静かな廊下に響く。

ルークの方へ一歩二歩近づくと、指先でルークの胸元《むなもと》に触《ふ》れた。

「けれどわたくしは、この国にいてくださる間だけでも構いません」

一国の王女様とは思えない誘いに、リアムが私の口を押さえたままでなければ、戸惑いの声が漏《も》れていたに違いない。

リアムもまた「うわ」と、私の耳元で呆《あき》れたように呟《つぶや》いている。

とはいえ、男性なら普通《ふつう》あれほど美しくて妖艶《ようえん》な女性に短期間、それも割り切った関係の誘いをされては、心が揺《ゆ》らいでしまうに違いない。

「彼女も一緒に来ていますから」

それでもルークは冷静な声のまま王女様の手を押し退《の》け、そう言い放った。

ルークの誠実さに胸を打たれ、ほっとしてしまう。

「まあ、そうでしたのね。わたくし、ルーク様がとても好みだったから残念だわ」

王女様もルークが靡《なび》くことがないと悟《さと》ったのか、困ったように肩を竦めてみせた。

「振られてしまったし、大人しく部屋に戻ろうかしら」

「申し訳ありません」

「ルーク様はこれから彼女の部屋へ？」

冷やかすような、悪戯《いたずら》っぽい声音《こわね》が耳に届く。

その言葉にどんな意味が込《こ》められているのかは、すぐに理解した。

「……いえ。彼女はそういう相手ではないので」

その瞬間《しゅんかん》、頭を殴《なぐ》られたような衝撃《しょうげき》が走った。

――そういう相手ではないというのは、どういう意味だろう。

恋愛《れんあい》経験も知識も少ない頭で最悪な答えに至らないよう、必死にぐるぐる考える。

けれど、ここ数ヶ月のことを思い返すと、どうしても気付かされてしまう。

ルークの目には、私がキスやそれ以上をしたいと思えるような、魅力的な女性として映っていないことに。

「……っ」

これまでの態度で、なんとなくは分かっていた。

けれど、いざルークの言葉ではっきりと聞いてしまうと、どうしようもなく悲しくなって惨《みじ》めな気持ちになる。

ルークは以前、一人の女性として私を見ていると言っていた。

けれどやはり家族としての部分が大きいと、気付いてしまったのかもしれない。

「……ありがとう、ごめんね」

これ以上、二人の会話を聞いていたくなくて、私の口を塞ぐリアムの手をそっと外す。

そして二人に鉢合《はちあ》わせしないよう、今歩いてきた廊下を早足で引き返す。

「おい、どこ行くんだよ」

リアムが後をついてきて声をかけてくるけれど、返事をする余裕もなかった。

やがて突き当たりに辿り着き、私はずるずるとその場にしゃがみ込んだ。

「おい、大丈夫か。具合でも——」

「私ってやっぱり、女性としての魅力、少ないのかな……？」

「は」

私の問いかけに対し、リアムは間の抜《ぬ》けた声を出す。

それでも、もう止まらなかった。

「キスだって一回してなんか違うって思ったから、もうしなくなったのかも……」

ルーク本人に尋ねるなんてできるはずもなく、ずっと理由を考えていた。

けれど、先程のやりとりとこれまでの彼の態度から、答えが出てしまった。

納得すらしてしまって、余計に辛《つら》くなる。

「いやお前、なんの話してんの？」

「だから、恋人としてじゃなく家族としての部分が大きいから、ルークは私を『そういう相手じゃない』って言ったのかなって」

「……あのなあ、どう考えてもあいつの日頃《ひごろ》のうざったい様子を見てれば――……って、なんで俺がこんな話をしてんだよ」

リアムは形の良い眉《まゆ》を寄せ、大きな溜《た》め息《いき》を吐《つ》いている。

――長く付き合ううちに相手を異性として見られなくなり、触れ合いもなくなり、別れたケースを過去に何度も聞いたことがある。

それくらい、相手を異性として意識できるかどうかは大切なのだろう。

ルークは責任感が強くて優《やさ》しいから、そんな理由で別れを告げたりは絶対しない。

何より愛されていることも、大切にされていることも分かっている。

けれど私はもうルークのことは異性にしか見えないし、触れたいと思っているし、同じ気持ちでいてほしいと思ってしまう。

「でも、酷《ひど》くない？　私がどんな気持ちでいるかも知らないで……」

悲しさや虚《むな》しさを感じる一方で、怒《いか》りも込み上げてくる。

二度も勇気を出して近づいてみたのに、あっさりかわされた挙句、他の女性に「そういう相手じゃない」なんて言われた今、女としてのプライドはズタズタだった。

私にいくら色気がないにしても、さすがに酷い気がする。

呆れたような眼差しを向けてくるリアムは、はあと再び溜め息を吐く。

「お前の良さは女臭《くさ》さがないところじゃん」

「うっ……」

リアムなりに励《はげ》ましてくれているようだけれど、今は逆効果で辛くなる。けれどリディア様や王女様のような女性と今の私では、天と地ほどの差があるのも事実だった。

「……でも、お前がこんな顔させられてんのを見るのはムカつくな」

そして目線を合わせるようにしゃがみ込むと、私の頬をふに、とつねった。加減が分かっていないのか、結構痛い。

「はっ、変な顔」

その上、小馬鹿にしたように笑われ、リアムの頬を引っ張ってやり返してみる。

「なにすんらよ」

「こっひのセリフらし」

お互《たが》いに容赦《ようしゃ》なく引っ張り合ったことで、リアムの端正《たんせい》な顔も崩《くず》れる。

それが面白《おもしろ》くて、思わず「ふふ」と笑ってしまう。するとリアムは私から手を離し、立ち上がった。

「くだらねえことしてないで、さっさと部屋戻るぞ」

「先にしたのはリアムなのに」

大きな欠伸をしたリアムはずっと眠い、早く部屋に戻りたいと言っていた。

それでも私を心配して、追いかけてきてくれたのだろう。今のだって彼なりに元気を出そうとしてくれたのかもしれない。

「何を悩んでるのか知らねえけど、俺は今の、ありのままのお前がいいけどな」

「……え」

私から視線を逸《そ》らし、リアムはぽつりとそう呟く。

さっきは傷口に塩を塗《ぬ》られた気持ちになっていたけれど、リアムは本当に『ありのままの私』を好ましく思ってくれているようだった。

そしてそれを照れながらもわざわざ伝えてくれたのも、私を励ますためだろう。

心が温かくなっていくのを感じた私は両頬《りょうほお》を叩《たた》いて立ち上がり、リアムに向き直った。

「ありがとう、リアム。ごめんね」

「は？　お前に礼を言われることなんてしてねえし」

リアムはふいと顔を背《そむ》けると、そのまま歩き出してしまう。

『口も態度も良くないのですが、悪い子ではないので』

以前はスレン様の言葉に対し、あり得ないと思っていたのに。

今はその通りだと、確信すらしていた。


翌朝、部屋で身支度を終えたのと同時に、ノック音とルークの声が聞こえてきた。

すぐに立ち上がってドアノブに触れてから、ふと手を止める。

昨日の今日で、どんな顔をして会えばいいのか分からない。まだ胸の中にもやもやは残っていて、普段通りに接する自信がなかった。

「サラ？」

そうしているうちに戸惑ったルークの声が聞こえてきて、慌《あわ》ててドアを開ける。

「サラ、おはようございます」

「……おはよう、ルーク」

そこには騎士服に身を包んだルークの姿があって、彼は私を見るなり眉尻《まゆじり》を下げた。

「昨日はすみませんでした。すぐに会場を出ることになってしまって……サラが部屋に戻ったというのは確認《かくにん》したんですが、大丈夫でしたか？」

「うん、大丈夫。ルークもお疲《つか》れ様《さま》」

王女様に公開アプローチを受けた末、パーティーを抜け出したまま戻ってこなかったことに対し、罪悪感を抱いているのが伝わってくる。

「もう準備は終わりましたか？」

「うん、もう出られるよ」

「………」

すると何故か、余計にルークの表情はだんだんと悲しげなものになっていく。

「少しだけ部屋に入っても？」

「もちろんいいけど、もうすぐ集合時間じゃ……」

「三分だけでいいので」

どうしたんだろうと思いながら、部屋の中に通した途端、後ろから抱きしめられた。

突然のことに、心臓が早鐘《はやがね》を打つ。

「ル、ルーク……？」

「……サラ、怒っていますよね」

誤魔化《ごまか》したつもりだったけれど、やはり態度に出てしまっていたのかもしれない。

いつも私を見ていると言うルークは、些細な変化にもすぐ気付いてしまうのだろう。

「ううん、怒ってないよ。少し寝不足《ねぶそく》なだけだから」

本当は昨日のことを思い出すと辛いし悲しいし、腹も立っている。

それでも危険が伴《ともな》う大事な仕事の前に、こんなことで気を遣《つか》わせるわけにはいかない。

そっとルークの胸元を押して離れ、笑顔を作った。

「本当ですか？」

「うん。だから、もう行こう？」

初日から遅《おく》れては印象も悪くなるし、そろそろ行かなければ。

ルークも納得してくれたのか、大人しく頷いてくれた。

「お願いだから、無理はしないでね」

「はい。サラも絶対に前線には出ないでくださいね。スレン様の側《そば》から離れないように」

分かったと返事をすると、ルークはほっとしたように顔を綻《ほころ》ばせる。

「行きましょうか」

差し出された手を取れば、優しく握ってくれる。

どうかみんな無事でいられますようにと祈りながら、集合場所へ向かった。

三時間ほど馬車に揺られ、魔獣が溢れているというヨルガル大森林に到着した。

馬車を降りた途端、全身の毛が逆立つような寒気がして、自分の両腕を抱きしめる。

「……なんだかすごく、嫌な感じがします」

まだ早朝だというのに、森の中は暗く鬱蒼《うっそう》たる雰囲気に包まれている。

時折低く唸《うな》るような魔獣の声が聞こえてきて、ひどく不気味だった。

身体が重くなるほどの嫌な魔力を感じているのは私だけではないようで、周りにいる騎士達の間にも緊迫《きんぱく》した空気が流れている。

今日は両国の合同討伐で、知らない顔も多い。

中でもマリアーク王国の騎士は大森林内の状況をよく知っているせいか、誰もが険しい面持《おもも》ちだった。

「魔獣の気配が濃《こ》いですね。ここまでのものは私も久しぶりです」

「久しぶりに思い切り暴れられそうだな」

一方スレン様もリアムも普段通りどころか楽しげな様子で、やはり王国魔術師の感覚は普通ではないのかもしれない。

数十人で隊列を組み、森の中を進んでいく。

地面はぬかるみ、ところどころに太い木の根が突き出していて、気を抜くと足を取られて転んでしまいそうだった。

――今回の私達の任務は魔獣の討伐と、魔獣が急激に増えた原因の調査だ。

魔獣が突如《とつじょ》増えたのは三ヶ月前で、マリアーク王国内の他の魔獣が生息する場所に異変はなく、このヨルガル大森林だけだという。

これまでマリアーク王国の騎士団や魔法使いが大森林を訪《おとず》れ、討伐と調査を続けてきたものの、消耗《しょうもう》する一方で原因の特定には至っていないという。

魔獣が増えすぎると大森林から人里へ出てきてしまうため、三ヶ月間、休みなく討伐が行われ、みな疲弊《ひへい》しきっているそうだ。

そして限界を迎《むか》えた末、同盟国であるリーランド王国に助けを求め、今に至る。

今日はまずマリアーク王国の調査結果をもとに、大森林内の魔獣が多く生息しているという場所の偵察《ていさつ》と、遭遇《そうぐう》した魔獣の討伐がメインだった。

『大森林近くの町に住む家族を王都へ呼びたいのですが、色々と余裕もなく……』

今朝、朝食や身支度の世話をしてくれたメイドは不安げな様子で、そう話していた。

騎士団に所属していた恋人が討伐中に命を落とし、心を病《や》んで城を去っていった同僚《どうりょう》もいるという話を聞き、胸が痛んだ。

もしも私が同じ立場――ルークを失ったなら、絶対に耐《た》えられないだろう。

必ず解決したいという気持ちはあるけれど、私達がここにいられるのは三週間ほどで、時間は限られている。

一日も無駄《むだ》にできないと思うと、焦燥感が募っていく。

「今回はサラさん専属の転移魔法使いがいない分、私がいるので安心してください」

「はい、ありがとうございます。頼《たよ》りにしています」

思い悩んでいたせいか、隣を歩いていたスレン様がにこやかに声をかけてくれる。

今回はスレン様が常に私の側にいてくれるそうで、これ以上の安心はない。

ルークとリアムは最前線で、魔獣の討伐をすることになっている。

現在、大森林には討伐難易度の高い魔獣も多く生息しているらしい。もちろん不安はあるけれど、どんな怪我も絶対に治してみせると固く誓《ちか》った。

やがて魔獣が多く生息するというポイントが近づいてきたところで、前方で激しい火の手が上がった。

「リアム、派手にやっていますね」

戦闘《せんとう》が始まったのだと、緊張が走る。紫色《むらさきいろ》の甲羅《こうら》と真っ赤な棘《とげ》に全身を覆《おお》われたサソリ型の魔獣が次々と現れ、総出で討伐が始まった。

目はなく顔全体が口のように裂けていて、だらだらと液体が漏れ出ている。地面に垂れた部分は溶《と》けており、人間にかかれば無事でいられないだろう。

「……っ」

そしてそれが、両手では足りないほどの束となって襲《おそ》いかかってくるのだ。

大量発生しているとは聞いていたけれど、いざ魔獣がうじゃうじゃと蠢《うごめ》く光景を前にすると、ぞわりと鳥肌《とりはだ》が立った。

「サラ様、こちらの治療もお願いします！」

「分かりました！」

その後、魔獣の断末魔《だんまつま》や魔法攻撃《こうげき》による爆音《ばくおん》が響き渡る中、私は後方にて次々とやってくる怪我人に、ひたすら治癒魔法をかけ続けていた。

魔獣の数は想像していた以上に多く、大型の討伐難易度の高いものも多い。

激しい戦いが繰《く》り広《ひろ》げられており、治療を求めて下がってくる人々は尽きない。

「これでもう大丈夫だと思います」

「ありがとうございます。これが渡り人の力なんですね、すごいや」

私の治癒魔法に戸惑い、驚く反応にもようやく慣れてきた。マリアーク王国にも光魔法使いはいるものの、私の治癒スピードは桁違《けたちが》いだそうだ。

最近は魔力を効率よく使う感覚も分かってきて、無駄なく治療できている。

「サラさん、問題ないですか？」

「はい。魔力量もまだ余裕があります」

「それは良かった」

私の少し前でにこやかに微笑みながら話すスレン様が手のひらをかざす先では、火魔法や水魔法を組み合わせたとてつもない威力《いりょく》の攻撃が打ち込まれ続けていた。

実はスレン様が魔獣の討伐をしているのを見るのは初めてだけれど、まさに「規格外」という言葉がぴったりだった。

人並外れた攻撃力と遠距離《えんきょり》から複数の魔獣に命中させる正確さ、そしてそれをまるで鼻歌を唄《うた》うくらい軽くやってのける姿は、大袈裟《おおげさ》ではなく神様みたいだとすら思った。

そんな彼に、私だけでなく誰もが目を奪《うば》われている。

「スレン様一人でも全て倒《たお》せちゃいそうです」

「どうでしょうね?」

否定せずに笑って流す姿からも、絶対的な実力が窺えた。

自国での姿とはまるで別人で、改めてスレン様に対して尊敬の念を抱く。

――そもそもスレン様は、日頃あまり魔法を使わない。使ってはならないという、国で定めた決まりが存在するからだ。

以前、何故そんな決まりがあるのか気になって、尋ねたことがある。

『いざという時、私が魔法を使えないと困るからですよ』

突然他国が攻め込んできたり、大規模な災害が起きたりした場合、対処できるようにするためだと答えてくれた。

スレン様一人で、大抵《たいてい》のことはどうにかできるからだと。

その力は、彼一人のものではない。国の財産であり、守りの要でもあった。

背負《せ》う責任や重圧は、私には想像もつかない。

今回は魔力量が一定以下にならないこと、何かあった際すぐに戻るという約束のもと、遠征《えんせい》への参加が許されたらしい。

マリアーク王国が切迫《せっぱく》した状況であるだけでなく、スレン様がたまには国の外に出たいと強く望んだことも理由なんだとか。

「サラ様、次の患者《かんじゃ》をお願いします」

「はい、こちらにお願いします！」

考え事をする間もないまま、また次の怪我人が運ばれてくる。それでも今のところ重傷患者はおらず、魔獣の数は多いものの、こちらが優勢らしい。

「リーランド王国の皆《みな》さん、そしてハワード卿とリアム様のお蔭で、これまでとは比べ物にならないほどのペースで魔獣を倒せています」

「そうなんですね。良かった……」

魔獣の爪でざっくりと腕を裂かれた男性の治療をしながら、私のいる後方からは見えない前線の様子を聞いていた。

けれど、大丈夫。今回も私とルークは、お互いの無事を確認できる魔道具《まどうぐ》のブレスレットを身につけている。以前、ドラゴン討伐の際に私がルークに贈《おく》ったものだ。

持ち主の生命力が一定以下になると青白く光り、命を落とした際には割れてしまう。

前回のものは縁起《えんぎ》が悪いからとルークが新しいものを買ってきて、一緒につけようと提案してくれた。

今回のものは万が一光った後、相手の位置も分かるという機能までついているらしい。

魔獣との戦闘が始まってからというもの、右腕のブレスレットを何度も確認しては、ほっと安堵《あんど》の溜め息を吐くのを繰り返していた。

「……ふう、少し休憩《きゅうけい》しようかな。水分補給しなきゃ」

怪我人の波が途《と》切《ぎ》れたのを確認し、持ってきていたレモン水を喉《のど》に流し込む。

ずっと魔法を使っていたことや大森林の中はじめじめとした暑さもあり、かなり汗《あせ》をかいてしまっていた。

そうして一息吐いていると、背中越《ご》しに「おい、治せ」なんて声が聞こえてくる。

こんな時もリアムは偉そうだと思いながら振り返った瞬間、倒れそうになった。

「な、な、なな……!?」

「痛《いて》えから、早く」

気だるげな表情を浮《う》かべたリアムの左腕は血まみれで、見事に反対方向に折れている。

これほどの大怪我をしているにもかかわらず、普段通りの様子で一人でここまで歩いてきたことにも、驚きを隠せない。

私が同じ状態になったなら、泣《な》き叫《さけ》んで動くこともできなかったはず。

「どうしたらこんなことになるの？」

どかりと地面に座ったリアムの腕に慌てて両手をかざし、治癒魔法をかけていく。

「なんかムカついたから、さっさと殺すために左腕を餌《えさ》にした」

そんなことを平然と言ってのけたリアムは、呑気《のんき》にふわあと欠伸をしている。

――これまで一緒に行った遠征でも、リアムは恐《おそ》ろしく無茶な戦い方をしていた。

目を背けたくなる酷い怪我だって、これが初めてではない。

リアムの強さは理解しているけれど、自分の身を顧《かえり》みないこんな戦い方を続けていては、いつか命に関わる大きな怪我をしてしまう気がした。

「ねえリアム、お願いだからもっと気を付けて戦って」

「なんでだよ。治療が面倒《めんどう》ってか？」

「心配だからに決まってるでしょう」

語気を強めてそう言うと、リアムは「は」とぽかんとした顔をした。

まるで誰かに心配されるという発想すら、なかったみたいに。

「なんでお前が俺を心配をするわけ」

「心配するのに理由なんてないよ！　大事な仲間なんだから。自分をもっと大切にして」

「……なんだよ、それ」

「はい、治ったよ。気を付けてね」

そう言ってぽんと頭に手を乗せるとリアムは、「子ども扱いすんな！」なんて言って、走っていってしまった。

「リアムは本当にサラさんに懐《なつ》いていますね」

私達の様子を見ていたらしいスレン様は、微笑ましげな眼差しを向けてくる。

もちろん、魔獣への攻撃の手は緩《ゆる》めないまま。

「リアムはサラさん以外に、絶対に自分から話しかけたりしないんですよ」

「えっ？」

まさか、と思ったものの、リアムが誰かに声をかけているところを見たことがない。

けれど私は顔を合わせる度に、リアムの方から話しかけられていた。

どうしてだろうと不思議に思っていると、前方からひどく狼狽《ろうばい》した様子の騎士がこちらへ駆《か》けてくることに気が付いた。

「サラ様！　どうか……どうか副団長を救ってください！」

男性の目には涙が浮かんでいて、前線で戦っていた副団長——マリアーク王国騎士団の副団長の身に何かあったのだと悟り、心臓が嫌な音を立てる。

スレン様へ視線を向けると、すぐに頷いてくれた。

魔獣の多い前線は危険が伴うけれど、スレン様が一緒なら絶対に大丈夫だろう。

それに、ルークもいるのだから。

騎士や魔獣の間を縫《ぬ》って走り辿り着いた先には、地面に横たわる男性の姿があった。

「どうして、こんな……」

すぐに駆け寄《よ》ると、右足と左腕に深い傷があり、身体と繋《つな》がっているのが奇跡《きせき》なくらいの状態で、思わず口元を手で覆う。

血の海に倒れる男性の意識は既《すで》になく、浅い呼吸を繰り返していた。

「副団長……っ」

数人の騎士が涙ぐむ姿からは、心から慕《した》われていることが窺える。

「任せてください。絶対に治してみせます」

状態はかなり酷いものの、きっと私なら治せる。そう信じて地面に両膝《りょうひざ》をつき、両手をかざして、治療を始めた。

出血があまりにも多く、駆けつけるのがあと少しでも遅かったなら、間違《まちが》いなく命を落としていただろう。

驕《おご》りでもなんでもなく、私のこの両手に多くの人の命がかかっていると思うと、心臓が鉛《なまり》みたいに重くなる。

この力で誰かを救えるのは、何よりも嬉《うれ》しい。

けれどもし間に合わなかったら？　魔力が切れてしまったら？　そんな救えなかった時のことを思うと、怖《こわ》くて仕方がなかった。

それでも恐怖《きょうふ》や責任感を背負いながら、この力を最大限に生かすのが私の王国魔術師としての仕事だ。

「……これで、治ったと思います」

無事に手足の皮膚《ひふ》が再生したことを確認し、周りの人々に声をかける。

少しずつ良くなってきた顔色を見ながら袖《そで》で軽く額の汗を拭《ぬぐ》い、小さく息を吐いた。

これほどの大怪我は、かなりの魔力や体力を消費する。

それでも初日で魔力が満タンだったこともあり、完全に治すことができて良かった。

「ほ、本当に、全て治ってる……嘘《うそ》だろう」

「まるで奇跡だ！」

副団長さんの身体を確認しては、騎士の人達は口々に戸惑いの声を漏らしている。

中には両手を組み「信じられない」と涙している人もいて、あまりにも酷い状態だったこともあって、心のどこかではもうだめだと諦《あきら》めていたのかもしれない。

「サラ様、本当にありがとうございます……！」

駆けつけた団長さんにも深く頭を下げられ、顔を上げるようお願いする。
「いえ、これが私の仕事ですから。どうか皆さんもお気を付けてくださいね」
騎士団の人々はもう一度丁寧にお礼を言うと、再び剣《けん》を握り、魔獣へ向かっていく。
副団長さんの意識はまだ戻っておらず、後方へ運ばれることとなった。
「お見事でしたね」
「無事に治せて良かったです」
スレン様に差し出された手を取って立ち上がり、膝《ひざ》の泥《どろ》を払《はら》う。
そうして初めて周りへ目を向けた私は、言葉を失った。
前線は魔獣が溢れ、想像していた以上に過酷《かこく》で、一瞬も気を抜けない状況だった。
治療に専念できていたのは、スレン様や騎士の人々が守り続けてくれていたからだ。
私が一人でこの場にいたなら、あっという間に命を落としていただろう。
ルークは常にこんな中で戦っているのだと思うと、正直常に不安はあった。それでも、
私はルークのことを信じている。
全員が最後まで無事でいてくれますようにと、祈られずにはいられない。
そんな中、視界の端《はし》で陽の光を受け、何かがきらりと光った。
視線を向けると、巨大《きょだい》な氷の竜《りゅう》がおびただしい数の魔獣をなぎ倒していて、息を吞む。
最初は魔獣かとも思ったけれど、その美しさや澄《す》んだ魔力の感覚から、すぐに誰の魔法

によるものか分かった。

その圧倒的《あっとうてき》な力と幻想《げんそう》的な姿に、思わず見惚れてしまう。

「ルーク師団長は騎士としても優《すぐ》れていますが、魔法使いとしての才能は類を見ません」

隣に立つスレン様は、近づいてきた魔獣を指先で軽く払い、続けた。

「魔法というのはイメージが大切なので、強い生き物を象《かたど》ると威力が増すんです。もちろん多くの魔力と技術、努力が必要で、実現できる人間は限られていますが」

スレン様は決してお世辞を言ったりはしない。言う必要がないからだ。

だからこそスレン様に褒《ほ》められるのは嬉しいし、その言葉は心から信じられる。

「……すごい、なあ」

そしてこれほどスレン様が認めるルークは、本当に卓越《たくえつ》した存在なのだと実感する。

ルークが魔法を使って戦っている姿を見るのは、初めて魔法を発動させた時——彼の兄に襲われた時以来だった。

——ルークはこれまで、どれほどの努力をしてきたのだろう。

やがてわあっと歓声《かんせい》が上がり、ルークがこの場における魔獣のラスト一匹《いっぴき》の心臓深くに剣を突き立てていた。

人々に囲まれ、肩を組まれ喜び合うルークの笑顔に、胸が熱くなる。

ルークは本当にかっこよくて眩《まぶ》しくて、遠い人のように感じてしまう。

その後も大森林の中を魔獣を倒しながら進み、私も怪我人の治療を続け、森の入り口に戻ってきた頃には空は茜色に染まっていた。

「つ、疲れた……」

早朝からほとんど休みなく働き続けた結果、元々体力のない私は疲れ果《は》てていた。

魔力残量については問題ないものの、明日も朝から討伐があるのだ。少しでも身体を休めなければと、ぐっと両手を組んで腕を伸ばす。

「サラ様！　お荷物をお持ちします！」

「えっ？」

するとと突然、マリアーク王国の騎士の男性から声をかけられ、私が持っていた鞄に向かって手を差し出される。

これくらい自分で持てるから大丈夫だとお礼を言いつつ断ると、今度はすぐに別の騎士がやってきて、ボトルを差し出された。

「こちらをどうぞ。王城のシェフが作った滋養《じよう》効果のあるお茶です。味もいいんですよ」

「あ、ありがとうございます……？」

「サラ様、こちらの果物も――」

次々と騎士団の人々がやってきては、甲斐甲斐《かいがい》しく世話を焼かれる。

どうやら副隊長さんを救ったことで、いたく感謝されているようだった。

そんな好意を邪険《じゃけん》にするわけにもいかず、やんわり断り続けた私は、そそくさと帰りの馬車へ向かう。

「サラさんは人気者ですね。騎士達が女神《めがみ》だと噂《うわさ》しているのを聞きましたよ」

「め、女神……」

腕いっぱいに色々と抱《かか》える私を見て、馬車の前に立つスレン様はくすりと笑っている。

大袈裟だと思いながらも無事に助けられて良かったと、笑みがこぼれた。

「こいつのどこが女神なんだよ」

鼻で笑うリアムはあの腕の骨折以来、怪我をしていないみたいでほっとする。

そんな中、こちらへ向かってくる騎士の男性が見えて、何かを言いかけた時だった。

「サラ」

いつの間にか側まで来ていた笑顔のルークに、ぐっと腰を抱き寄せられる。

途中《とちゅう》から私達は後方に戻っていたため姿は見られなかったけれど、ほとんど怪我はないようで安心した。

「ルーク、お疲れ様」

「はい。サラもお疲れ様でした」

なぜか私の耳元で話すルークとの距離が、やけに近い気がしてならない。

「あの、ルーク。なんだか近くない？」

「近づいていますから」

爽《さわ》やかな笑顔のままのルークは、さらに私を近くに抱き寄せる。気が付けば先程こちらに向かってきていた男性の姿はなくなっていた。

一日中、最前線で戦っていたというのに、ルークからは変わらず良い香りがする。

私はというと、やはりルークの求める距離感が摑《つか》めずにいた。

片側の唇を吊《つ》り上げたリアムは、呆れを含《ふく》んだ眼差しをルークへ向けた。

「はっ、余裕なさすぎだろ」

リアムの言葉に、ルークは冷ややかに「黙《だま》れ」とだけ返す。

やがて四人で馬車に乗り込むと、私はルークの隣に腰を下ろした。

「王城に戻ってからは各々《おのおの》休みたいでしょうし、着くまでここで少し話をしましょうか。何か今日、気が付いたことはありましたか？」

スレン様の言葉に、ルークが静かに頷く。

「やはり魔獣の数は異常です。それでいて本来の生息地とは違うものも多く、なんらかの力で無理やり生み出されているような印象を受けました」

「なるほど」

白く細い指を顎に当てると、スレン様は考え込む様子を見せた。

「マリアーク王国の調査書に全て目を通しましたが、一度討伐しきった場所でも、二ヶ月後にはまた同じ状況になっていたそうです。やはり原因を特定しなければ、根本的な解決には至らないでしょう」

魔獣の増加の原因を突き止めなければ、延々と同じことを繰り返すことになる。

けれどマリアーク王国は消耗し続ける中で、私達がここにいられる時間も限られている以上、このままではいずれ大きな被害《ひがい》が出てしまう。

「そこで明日以降、タイミングを見計らう形にはなりますが、サラさんと私で本隊とは別行動をして調査しようと思います」

これほどの魔獣が生み出される原因となると、かなりの危険が伴う可能性が高い。そのため他の騎士に頼《たの》むのではなく、スレン様自ら調査するそうだ。

当初は私の同行に対し、危険だろうとルークは反対してくれた、けれど。

「どんな場所でも、私の側が一番安全だということに変わりはないので」

「…………」

そんなスレン様の強い言葉に、納得せざるを得なかったようだった。

夜が深くなり始めた頃、スレン様の部屋に今日の討伐に関する報告書を持っていくと、いたく感謝された。

「ルーク師団長は真面目ですね、大変助かります」

こんな当然のことをしただけでも褒められるのだから、サラの言う通り王国魔術師はよほど皆扱いづらいのだろう。

その尻拭《しりぬぐ》いをサラがしていると思うと、苛立《いらだ》ちが募る。

「もし良ければ、一杯《いっぱい》いかがですか？　先程いただきまして」

向かいのソファで足を組み、微笑むスレン様の手にはワインボトルがある。酒に詳《くわ》しくない俺でも知っている銘柄《めいがら》の年代物だった。

今回、俺がサラに同行できたのもスレン様が配慮《はいりょ》してくれたお蔭であり、断るわけにはいかないと首を縦に振る。

それに今日は珍しく、酒を飲みたい気分だった。

『ううん、怒ってないよ。少し寝不足なだけだから』

――サラはああ言っていたけれど、間違いなく彼女は俺を避《さ》けていた。

当初は昨晩、王女にアプローチをされたのが原因かとも思ったが、様子を見ている限り違う気がしてならない。

サラの性格を考えると、尋ねたところで正直に話してくれるとは思えなかった。

恋人という関係になっても、不安や心配が尽きることはない。

ふたつのグラスにレンガ色の液体が注がれ、熟成された濃い香りが鼻をくすぐった。軽くグラスを合わせ、口をつける。

やはりあまり美味いとは思えないものの「美味しいです」と笑顔を向けた。

「本当にサラさんが大切なんですね。私と酒なんて飲みたくないでしょうに」

爽やかな笑みを浮かべ、そう言ってのけるスレン様は全く腹の底が見えない。

我がリーランド王国を実際に統《す》べているのは陛下でなく彼、という不敬な噂が流れているのも納得できるくらい、捉《とら》え所《どころ》がない人だった。

「私もサラさんには長く王国魔術師として仕えてほしいと思っています。それに彼女は間違いなく『特別』な存在ですから」

「………」

魔法や魔法使いの「普通」についてまだ理解しきっていないサラは分かっていないようだったが、彼女の魔法はもう人間の域を超《こ》えている。

潜在《せんざい》能力の高さだけで言えば、きっと俺とは比べ物にならない。

「サラさんが能力の全てを理解し扱い方を学んだなら、私に次ぐ魔術師になるでしょう」

この先、サラの力をより利用しようとする人間も増えるだろう。

彼女が危険な任務に就《つ》くことだって、多くなるに違いない。

「……時々、サラを攫《さら》って誰も知らない場所に行きたくなるんです」

危険なことも辛いことも悲しいことも全て取り払って、永遠に甘やかしたい。

俺の世界にはサラだけがいればいい。それ以外には何も望まないし、サラが側にいてくれさえすればもう、幸せだった。

だが、サラは違う。

そんなことなんて望んでいないし、彼女の世界にいるのは俺だけではない。それを寂しく思う勝手な自分にも、嫌気《いやけ》が差す。

俺とサラには明確な気持ちの差があることなんて最初から分かっていたはずなのに、どんどん欲深くなってしまう。

スレン様は黄金色《こがねいろ》の瞳で、静かに俺を見つめていた。この瞳を前にすると、不思議と心のうちを何でも話してしまいたくなる。

「こんな俺を愚《おろ》かだと思いますか」

「いいえ、羨《うらや》ましいです。私は何かの――誰かのために一生懸命《いっしょうけんめい》になったことも、誰かを愛したこともありませんから」

その言葉に嘘はないようで、なぜか赦《ゆる》されたような気持ちになった。

スレン様への縁談《えんだん》は国内外から尽きないと聞く。

それでも本人にその気はないらしく、彼に結婚《けっこん》を強制できる人間も存在しないため、今に至るのだろう。

「……なぜ、こんなに良くしてくださるんですか」

今回だけではなく、サラが討伐遠征《とうばつえんせい》や危険な任務から外れるよう、スレン様が裏で手を回してくれていることも知っていた。

そして今回、それが叶《かな》わなかったため、俺が同行できるよう計らってくれたのだ。

だが、スレン様は誰にでも優しさを振り撒《ま》くような人ではない。だからこそ、ずっと気がかりだった。

俺の問いに対してスレン様は目を瞬《まばた》いた後、唇で綺麗に弧《こ》を描《えが》いた。

「以前サラさんから聞いたのですが、お二人の関係は素晴《すば》らしいですよね。一度、住む世界が離れ離《ばな》れになりながらも、年齢《ねんれい》の差が縮まった上で再び出会えるなんて」

ワイングラスを軽く回しながら、スレン様は楽しげに続ける。

「私は運命や奇跡なんかを信じない質《たち》なんです。それでも、あなた方はそんなものがあるんじゃないかと思わせてくれる。だから、応援《おうえん》したくなりました」

スレン様の過去については、誰も知らないという。

それでも、彼の琴線《きんせん》に触れる何かがあったのかもしれないと、少しだけ納得した。

「ちなみに私はあまり飲めないので、ぜひ残りもどうぞ」

空になった俺のグラスにどばどばと勢いよくワインを注ぐ。このワインの価値を知っている人が見たなら、卒倒《そっとう》するに違いない。

「俺を殺す気ですか」

「ルーク師団長はたくさん飲めると、カーティス師団長から聞いていますから」

あの人は本当に余計なことばかり言うと、溜め息を吐く。

「よければもっと、お二人の話を聞かせてください」

「そんなに面白いものではないと思いますが」

「まさか」

そうして結局、ボトルが二本空くまで、この奇妙《きみょう》な語らいは続いたのだった。

4 知らない過去

マリアーク王国に来てから、一週間が経《た》った。

私達は初日同様、大森林で魔獣《まじゅう》の討伐《とうばつ》を続けながら、原因の調査を進めている。

魔獣が増えるよりも討伐のスピードが上回り、かなり魔獣の数は減ったものの、未《いま》だに原因の特定には至っていない。

こんなにも皆《みんな》が必死に戦い傷付いても、原因を究明して解決に至らなければ、これまでの努力が全て水の泡《あわ》になってしまう。

「さて、困りましたね」

「いい加減、同じ場所で討伐すんのも飽《あ》きてきたわ。魔獣の種類に無駄《むだ》にバリエーションがあるのが唯一《ゆいいつ》の救いだな」

今日も朝から四人で大森林に向かう馬車に揺《ゆ》られているけれど、スレン様とリアムの呑《のん》気《き》な口調からは焦《あせ》りは感じられない。

それでも二人が日々、最善を尽《つ》くしていることも知っている。

私の魔力《まりょく》量も毎日回復しているものの、総残量はじわじわと減っていく一方だった。

マリアーク王国での滞在《たいざい》は最長で一ヶ月という予定だけれど、討伐を続けられるのは、もってあと一週間だろうというのは総意だった。

「サラ、体調には問題ありませんか」

「あ、うん。大丈夫《だいじょうぶ》だよ」

「…………」

「…………」

　昨日の場所で少しのやりとりはあったものの、私とルークの間には、なんとも言えない気まずさがあった。

　王女様とルークの会話を聞いてしまってからというもの、やはり胸の中にはわだかまりがあって、普段《ふだん》通りにできずにいる。

　避《さ》けたり素っ気ない態度をとったりはしていないものの、何かを察したらしいルークがやけに気を遣《つか》ってくれている感じも、余計に辛《つら》い。

　やがて大森林に到着《とうちゃく》し、いつものように前線へと向かうルークとリアムを見送ろうとしたところ、リアムの顔にお菓子《かし》のくずがついていることに気が付いた。

　馬車の中で朝からずっと食べ続けていたからだろう。

「あれ、リアム。お菓子ついてる」

「ん？　どこ」

ごしごしと擦《こす》ったものの取れておらず、ハンカチを取り出し、口元を拭《ふ》いてあげる。リアムは本当に子どもみたいでルークにもよくこうしてあげていたなと思い出し、つい笑《え》みがこぼれた。

「お菓子だけじゃなくて、朝ご飯もちゃんと食べないとだめだよ」

「はいはい。さ、今日も皆殺《みなごろ》しにすっか」

リアムはご機嫌《きげん》な様子で向かっていく一方、ルークはその場から動かずにいる。

どうしたんだろう、どこか具合でも悪いのかなと心配に思っていると、ルークは私のローブの裾《すそ》をきゅっと掴《つか》んだ。

「……好きです」

縋《すが》るような眼差《まなざ》しと突然《とつぜん》の告白に、どきっと心臓が跳《は》ねる。

「ル、ルーク……？」

「サラがどう思っていようと、俺はサラだけがずっと好きです。俺が一番好きです」

驚《おどろ》いているうちに、ルークはそれだけ言って去っていく。

あっという間に人混みに紛《まぎ》れて姿が見えなくなり、この場に一人残されてしまった。

いきなりのことに戸惑《とまど》ったものの、やっぱり嬉《うれ》しいと思うのは事実で。

「……いつまでもこのままじゃだめだよね」

怖《こわ》くて何も聞けずにいたけれど、ルークは私のことを好いてくれている。討伐を終えて王城に戻《もど》ったら今夜、ちゃんとルークに理由を聞いてみよう。

そう決意して、今日もしっかり自分の仕事をこなそうと思っていた、のに。

「サラ様、今すぐに来てください！」

血相を変えた騎士《きし》が、こちらへ向かってくる。

嫌《いや》な予感がして、心臓が早鐘《はやがね》を打っていく。

「リアム様が……！」

「――え」

王城内にある医務室のベッドに横たわるリアムの顔色は、ひどく悪い。身体《からだ》のあちこちに黒い痣《あざ》が広がり、呼吸は荒《あら》く、苦しげな表情を浮《う》かべている。

あの後すぐにスレン様の転移魔法《まほう》で、私達は王城へ戻ってきていた。

それから今もずっと、私は治癒《ちゆ》魔法をかけ続けている。

「どうして、こんな……」

「黒毒竜《りゅう》の毒を浴びたようです」

私の隣《となり》に立つスレン様は、長い睫毛《まつげ》を伏《ふ》せた。

以前、魔獣について学んだ際、黒毒竜のことも本に書かれていたことを思い出す。

その毒は全身の血液や魔力に溶《と》け込むため、浄化《じょうか》をするのが困難だと。

それでも私ならできると信じて、魔法を使い続けていた。

「……っ」

これまで何度も毒に関する治療《ちりょう》はしてきたけれど、全く感覚が違《ちが》う。

上手《うま》く言葉にできないものの、魔力があまり届かない感じがした。

それでも、ほんの少しずつ解毒《げどく》できている手応えはある。

幸い今は魔力が十分にあるし、時間をかけて治療をすれば大丈夫だと信じたかった。

必死に治癒魔法を使う私に、スレン様は続ける。

「辺りにいたマリアーク王国の騎士達を庇《かば》ったそうです」

「えっ？」

あんなにも強いリアムがこれほど毒を浴びたことに、少しの違和感《いわかん》を覚えていた。

けれど誰《だれ》かを庇ったのなら、納得《なっとく》がいく。

一方でリアムがそんな行動をしたことに驚き、胸を打たれていた。

「……本当に、変わったね」

出会った頃《ころ》の敵も味方も分別なく戦闘《せんとう》していたリアムからは、とても考えられない。

その変化と成長、そして今の苦しげな姿に、視界がぼやけた。

リアムは毒を浴びた後、平気だと言ってその場を一人で離《はな》れたという。

それから姿が見えなくなって捜索《そうさく》したところ、林の中で倒《たお》れているリアムをスレン様が発見し、今に至るそうだ。

「どうして……」

「一人で戻ろうとして、途中《とちゅう》で倒れてしまったんでしょう」

その結果、毒が全身に回り、これほど悪化してしまったようだった。

とにかく全て、私にかかっている。

「……私が絶対に、リアムを治します」

「はい。どうかよろしくお願いします」

スレン様に対して頷《うなず》き額に浮かんできた汗《あせ》を袖《そで》で拭《ぬぐ》うと、私は治療に集中した。


静かな病室に、鳥のさえずりが聞こえてくる。

いつの間にか窓の外は明るくなっていて、時計へ視線を向けると治療を始めてからもう十二時間ほどが経っていた。

これほど長時間、休むことなく魔法を使い続けているのだから、ふらつくのも頭が割れそうなくらい痛いのも当然だった。

「……あと、少しかな」

かなり魔力は消費したものの、リアムの全身に回っていた毒のほとんどは無事に浄化できたように思う。

それでも最後まで気を緩《ゆる》めず、治療を続けなければ。

何かあった時のためにも、スレン様は部屋に戻って休むようお願いをした。

話を聞いたらしいルークも様子を見に来て、側《そば》にいると言ってくれた。

けれどまだ討伐は続けなければならないし、戦力の要であるリアムが倒れている今、ルークの負担が大きくなるのは間違《まちが》いない。

気持ちだけ受け取り、病室には私一人にしてもらっていた。

とはいえ、私まで倒れては元も子もないし、水分補給くらいしようと思った時だった。

「……う、……」

「リアム？」

小さく呻《うめ》くような声が聞こえてきて、顔を上げる。

するとそこには、薄《うす》く目を開けるリアムの姿があった。

大丈夫だろうとは思っていても、こうして意識を取り戻してくれたことに心の底から安《あん》堵《ど》して、涙腺《るいせん》が緩んだ。

「よ、よかった……大丈夫？」

「……あー、痛いし吐《は》きそうだし、全然大丈夫じゃない。さっさと何とかしろ」

「もう」

まだまだ顔色は悪いものの、いつも通りの偉《えら》そうなリアムにほっと胸を撫《な》で下《お》ろす。

安心して力が抜《ぬ》けたせいか、少しふらついてしまい、ベッドに手をつく。

「お前それ、いつからやってる？」

「十二時間前くらいかな」

「は」

正直に答えると、リアムの切れ長の両目が見開かれた。

そして治療を再開しようとした私の腕《うで》を、ぐっと摑んだ。

「もういい」

「でも、まだ毒が……」

「その前にお前が死ぬだろ。それに俺は毒に耐性《たいせい》があるから、これくらい平気だ」

ついさっきは全然大丈夫じゃない、なんて言っていたのに。

私の身体を気遣《きづか》ってくれていて、やはりリアムは以前よりもずっと優《やさ》しくなった。

「じゃあ、十五分だけ休むね。本当にあと少しだし」

お言葉に甘えて、水とルークが持ってきてくれていたパンをひとついただく。こうして手を止めると一気に疲労感《ひろうかん》が襲《おそ》ってきて、少し休んだらすぐに再開しようと決めた。

リアムはそんな私を、じっと見つめている。

「……少しくらい放っておいても、もう死なないかっただろ。なんでそこまですんの」

「リアムが少しでも痛い思いをするのは、絶対に嫌だったから」

戸惑った様子のリアムは、小さな声で再び「なんで」と疑問を口にした。

「大切な仲間だもの。それに私はリアムのこと、弟みたいに思ってるんだ」

素直《すなお》な気持ちを伝えると、私から目を逸《そ》らすように、リアムは長い睫毛を伏せる。

「……お前、バカだろ」

「そうかもね」

「アホだし、変だし、お節介《せっかい》だし、どうかしてる」

「ふふ」

今はもうこんな子どもみたいな憎《にく》まれ口《ぐち》も、照《て》れ隠《かく》しだと分かっている。

それから少しして、治療を再開した。

「ねえ、どうして誰かに助けを求めなかったの？」

あと少し発見が遅《おそ》かったら、本当に危険だったはず。

すぐに誰かに助けを求めていれば、これほど苦しむことだってなかっただろう。

「弱ってるところなんて、他人に見せたくなかった」

「もう、こんな時くらいは誰かに甘えていいんだよ」

「……甘え方なんて、知らない」

「えっ？」

自嘲《じちょう》するように笑うと、リアムは右腕《みぎうで》で目元を覆《おお》った。

「──九歳の時に戦争で家族全員、死んだんだ」

初めて知るリアムの過去に、言葉を失ってしまう。

リアムがリーランド王国ではない国の出身だということは知っていたけれど、どういう経緯《けいい》でこの国へやってきたのか、どう過ごしてきたのか、私は知らなかった。

「一人になって道端《みちばた》で死にかけてたら、俺が魔法を使えることに気付いた奴《やつ》に拾われた。それからは魔法の使い方を教えられて、十一歳で初めて戦争に連れていかれた」

「それからは生きるために人を殺し続けた。そうしないと、飯も与《あた》えられなかったから」

「十五歳の時に、それが嫌になって、逃《に》げるように国を出た。流れ着いたこの国でスレンに声をかけられて王国魔術師《まじゅつし》になった。人を殺さなくて済むから、うれしかった」

「弱さを見せたら殺される、つけ込まれる。そんな環境《かんきょう》にいたから甘え方なんてわからないし、そもそも甘える相手なんていなかった」

「だから、俺には分からない」

掠《かす》れた声でぽつりぽつりと辛い過去を話してくれたリアムに対して、私はかける言葉が見つからなかった。

たった九歳で家族を失って天涯孤独《てんがいこどく》になり、それからは大人に人を殺す道具のように扱《あつか》われ続けたなんて、あまりにも残酷《ざんこく》だった。

リアムの対人関係における不器用さや無茶な戦い方にも、納得がいく。

毒に関しても無理やり摂取《せっしゅ》させられ、耐性をつけさせられていたという。お蔭《かげ》で死なずに済んだ、なんて言って笑う姿に、胸が張《は》り裂《さ》ける思いがした。

「……っ」

同時にリアムのことを何も知らないまま「甘えていい」なんて迂闊《うかつ》なことを言ってしまった、自分の愚《おろ》かさを悔《く》いた。

そんなリアムの悲しみも苦しみも、平和な世界で育ってきた私には分からない。大変だったね、辛かったね、なんて薄っぺらい言葉を口に出せるはずがなかった。

「……俺だって、サラに拾われたかった」

今にも消え入りそうな小さな声で、リアムは呟《つぶや》く。

──あの日、ルークが私に拾われたという話をした時、リアムはどんな気持ちで聞いていたのだろう。

私が泣いたところで、何も変わらない。リアムを困らせるだけだと分かっていても、涙腺は緩むばかりで嫌になる。

「泣くなよ。余計ブスになるだろ」

その言葉だって本音ではないということも、今は知ってしまった。

私は「もう」と笑顔《えがお》を作ると、手の甲《こう》で涙《なみだ》を拭う。

やがて無事に治療を終えることができ、私は大きく息を吐いた。少しでも早く治療を、と魔力量で押し切っていたため、本当にもう魔力は空っぽになりかけている。

「どこか辛いところはない？」

「ああ。……助かった」

「どういたしまして」

なんとなくリアムを一人でする気にはなれず、もう少しだけここにいることにした。

「私がここにいるの、嫌じゃない？」

リアムは頷くと、片方の手で目元を覆った。

「お前は嫌な目をしないから」

「嫌な目……？」

「女に異性として見られんの、気持ち悪いんだ。そういう目、ガキの頃からたくさん向けられてきたから」

リアムはそれ以上何も言わなかったけれど、彼がどんな目に遭《あ》ってきたのかは容易に想像がついた。

これほどの美少年なら、邪《よこしま》な思いを抱《いだ》く大人がいてもおかしくはない。

以前、私に女らしくないところがいいと言っていたのも、私が異性としてリアムを見ていないことに安心感を覚えていたからなのかもしれない。

「つーか、お前くらいだからな。俺をガキ扱いすんの」

私はリアムのことをよく知らなかったし、一応は同じ立場だからこそ、子ども扱いをしていた。

けれどリアムに対し、そんな扱いをする人は他にいない。スレン様もリアムのことを可愛《かわい》がってはいるけれど、子ども扱いとはまた違う。

そして、気付いてしまう。リアムが私にだけ話しかけたり側にいたりしたのは、私が普《ふ》通《つう》の子どもとして接することが嬉しかったのかもしれないと。

これまでの人生で、彼にはそんな「普通」さえなかったのだから。

「……少しだけ寝《ね》る」

リアムはそれだけ言うと、私の服の袖を掴み、目を閉じた。

これが今のリアムにできる精一杯《せいいっぱい》の甘えなのかもしれないと思うと、視界が滲《にじ》んだ。

「………………」

やがて規則正しい寝息《ねいき》が聞こえてきて、柔《やわ》らかな赤髪《あかがみ》をそっと撫でる。

そしていつの間にか私も、その場で眠《ねむ》ってしまっていた。

5 初めての喧嘩

リアムが倒《たお》れてから、五日が経《た》った。

その五日間も変わらず魔獣《まじゅう》の討伐《とうばつ》は進み、ルークやスレン様の活躍《かつやく》によって、当初よりも危機的な状況《じょうきょう》ではなくなっている。

——あの翌朝、目が覚めると私は王城内の自分の部屋のベッドにいた。様子を見に来たルークが運んで寝《ね》かせてくれたらしい。

そのお蔭《かげ》で私もしっかり休み、疲《つか》れが取れていた。

体調が心配だったリアムもいつも通りの様子で、ほっとする。今日も朝から大森林にて討伐をしていたけれど、絶好調のようだった。

「サラ、喉渇《のどかわ》いた」

「今用意するから、少し待ってて」

「ん」

そして以前よりもずっと、リアムの私に対する態度が柔《やわ》らかくなった。なんというか、子どもらしさが増して甘えられている気がする。

「はい、こぼさないようにね」

「おー」

過去や本音を話したことで、気を許せるようになったのかもしれない。今は私だけでも少しずつそんな相手が増えていって、リアムが過ごしやすくなればいいなと思う。

そんな中、真っ青な顔をした一人の騎士《きし》がリアムの元へやってきて、土下座の勢いで地面に両手をついた。

「リアム様、先程《さきほど》は大変申し訳ありませんでした！　お、お顔に、傷を……」

ついさっき、リアムの頬《ほお》の切り傷を治したけれど、魔獣によるものではなく、戦闘《せんとう》中に男性の剣《けん》がかすめてしまったらしい。

これまでのリアムなら帰ると言って大暴れしそうで、恐《おそ》る恐る視線を向けたものの、当人は平然とした様子でお茶を飲んでいた。

「次にやったら殺すからな、さっさと行け」

予想外の反応に、私も男性も戸惑《とまど》いを隠《かく》せない。

近くにいたスレン様も「おや」と目を瞬《まばた》いている。男性は深々と頭を下げてもう一度謝罪の言葉を紡《つむ》ぐと、去っていった。

「リ、リアム……！　偉《えら》いね！　すっごく偉いよ！」

出会った当初、遠征《えんせい》中に騎士団側のミスで怪我《けが》を負った際、キレて暴言を吐《は》いていたリアムとはまるで別人で、その成長に感激してしまう。

「は？　お前が喧嘩《けんか》したら怒《おこ》るからだろ。っておい、撫《な》でんな！」

「私も驚《おどろ》きました。とても偉いです」

小学生の弟が成長したような気持ちになり、よしよしと赤髪《あかがみ》を撫でる。スレン様もぱちぱちと両手を叩《たた》いていて、リアムは「お前らやめろよ！」と眉《まゆ》を吊《つ》り上《あ》げていた。

けれどその耳は少し赤くて、照れているみたいだった。

「なんだか姉弟《きょうだい》みたいですね。微笑《ほほえ》ましいです」

「お姉ちゃんって呼んでもいいよ」

「誰《だれ》が呼ぶかよ、バカ」

スレン様もリアムの変化を喜んでいるようで、撫でようとして足蹴《あしげ》にされている。それでも以前よりは軽いもので、リアムの変化に笑《え》みがこぼれた。

「サラ、行きましょう。今日は日差しが強いですし」

「うん。ルークもお疲れ様」

二人の様子を見守っていると、不意にルークに腕《うで》を摑《つか》まれた。そのまま腕を引かれ、帰りの馬車へと移動する。

リアムのこともあってバタバタしていて結局、ルークには何も聞けずにいた。今日こそ聞こうと、心の中で固く決意する。

馬車で二人きりになるとルークは深い溜《た》め息《いき》を吐《つ》き、私の手を握《にぎ》りしめた。

「……早く屋敷《やしき》に帰って、サラと二人で過ごしたいです」

その表情は不安げなもので、やっぱり王城に戻《もど》ったら話をして、一度ちゃんとルークの気持ちも聞くべきだろう。

「あー、疲れた。ここからまた長いんだよなあ」

そう考えているうちにリアムとスレン様も馬車に乗り込んできて、馬車は動き出した。


王城に着いた後は自室へ戻り、お風呂《ふろ》に入って身支度《みじたく》を整えた。

――これ以上、ルークとぎくしゃくするのは嫌《いや》だ。

こんな風になってしまった理由、そして私が抱《いだ》いていた不安を、ルークにちゃんと全て聞いてもらいたい。もう、受け身の私は卒業したい。

そう思った私は、持ってきていたお気に入りのワンピースに袖《そで》を通して化粧《けしょう》をして、ルークの部屋へと向かった。

「……え」

廊下《ろうか》を歩いて行き、角を曲がればもうルークの部屋というところで、足を止める。

そこには王女様と話す、ルークの姿があったからだ。

何も悪いことはしていないのに、つい身を隠してしまう。

「どうかしましたか」

「三日後の夜会に、わたくしのパートナーとして参加していただきたいの」

二人の声が聞こえてきて、立ち聞きなんてよくないと分かっていても、足が動かない。

――三日後の夜、この王城で行われる夜会にスレン様とルークが招待されているとは聞いていた。リアムにも声はかかったらしいものの、絶対に行かないと断ったという。

「どうかわたくしの顔を立ててくださらない？」

「…………」

ルークは悩《なや》んでいるのか、何も言葉を発さない。相手は一国の王女様なのだし、国家間の付き合いとしても、本来これくらいはすべきなのだろう。

「あなただって、彼女を連れて行くつもりはないんでしょう？　平民だから」

やがて聞こえてきた言葉に、息を吞《の》む。ルークは何も言わず否定しないままで、彼もそう考えていたのだと悟《さと》ってしまった。

「ルーク様がリーランド王国でどれほど期待されているのかも、お聞きしました。そろそろご自分の立場を考えて、お相手を選ぶべきでは？」

「…………」

「社交の場にも連れて行けないなんて、いずれ困るのはルーク様なんですから」

「……俺は――」

ルークがそこまで言いかけたところで、私は逃《に》げるようにその場から走り出していた。

あれ以上聞くのが、怖《こわ》くて仕方なかった。

王女様が言っていたことは、きっと全て事実だから。

――王国魔術師《まじゅつし》という立場といえど、私は平民だ。

いくら魔法使《まほうつか》いとしての地位があっても、貴族の集まる社交の場に参加することはできない。ルークが当然のように呼ばれる場所に、私は立ち入ることすらできないのだ。

ルークはいつだって優《やさ》しくて側《そば》にいてくれて、私を甘やかしてくれるから。彼との間には大きな差があることを忘れてしまっていた。

スレン様にお願いしている爵位《しゃくい》だって、すぐにもらえるものではないはず。何年かかるのかも分からない中で、私はルークの優しさに甘えることしかできないのだろうか。

「……私って、中途半端《ちゅうとはんぱ》だ」

ルークの隣《となり》に立つにはまだまだ頑張《がんば》りが必要だと実感し、胸が詰《つ》まる思いがした。

私は歩みを止めると廊下の壁《かべ》に背を預け、ずるずるとその場に座り込んだ。

「お前、こんなとこで何してんの」

それから少しして、足音と聞き慣れた声がして顔を上げる。

するとこちらを見下ろす、リアムの姿があった。

「具合でも悪いのかよ」

私と目線を合わせるようにしゃがみ、顔を覗《のぞ》き込む。

その様子からは私を心配してくれているのが伝わって、口元が緩《ゆる》むのが分かった。

「リアム、本当に良い子になったね」

「は？　バカにしてんの」

「ううん、すごく嬉《うれ》しいなって」

リアムは私の顔をじっと見つめると、真剣《しんけん》な表情を浮《う》かべた。

「あいつとなんかあったわけ」

「……そういうわけじゃない、んだけど」

「嘘《うそ》つけ」

呆《あき》れたような大きな溜め息を吐き、立ち上がったリアムは私の腕を掴み、軽々と立ち上がらせる。

そしてそのまま、リアムは目の前のドアへと向かう。

「リアム？　どこ行くの？」

「俺の部屋」

「え、なんで」

「なんかお前のこと、ほっとけないし」

そう言って、ドアを開けたリアムはそのまま中へと入っていく。

　ぐいと腕を引かれ、困惑《こんわく》しながら足を踏《ふ》み入《い》れそうになった時だった。

「──触《さわ》るな」

　不意に視界がぶれ、後ろにぐっと抱き寄せられる。

「ル、ルーク……？」

　見上げた先には王女様と話していたはずのルークがいて、どうしてここにいるのだろうと困惑してしまう。

　私の身体《からだ》にきつく腕を回すルークは明らかに苛立《いらだ》った様子で、リアムへ強い眼差《まなざ》しを向けていた。

「何をしているんですか」

　聞いたことのないような低いルークの声に、息を呑む。

「はっ、本当に余裕《よゆう》ねえのな。だからこいつの不安にも気付かないんだろ」

「必要以上にサラと関わるな」

　ルークは鼻で笑うリアムを無視すると私の手を掴み、どこかへと歩いていく。

「待って、ルーク！」

　早足で後をついていきながら何度も声をかけたけれど、ルークはこちらを振《ふ》り返《かえ》ろうともしない。返事すらしてくれない。

　やがて着いたのはルークの部屋で、ルークは無言のままベッドに腰《こし》を下ろした。手はずっとルークに握られたままで、私も狼狽《うろた》えながら隣に座る。

ルークはじっと私を見つめると、形の良《い》い眉を寄せた。

「あいつと会うために、あいつの部屋に行くためにそんな格好をしていたんですか」

「えっ？　違《ちが》うよ、ルークは何か誤解を――」

「リアム・アストリーとはもう関わらないでください」

そして私が否定する前に、ルークは冷え切った声でそう言った。

「散々サラに迷惑《めいわく》をかけてきたんです。放っておけばいい」

「でも、リアムは変わろうとしていて……！」

リアムの過去を聞いて、なぜ彼があんな無遠慮《ぶえんりょ》な振る舞《ま》いをしていたのか、理解した。

変わろうとしている、変わってきているのも伝わってくる。だからこそ、仲間として応《おう》援《えん》したいという気持ちがあった。

そもそも一緒《いっしょ》に働いていて関わらないなんて無理だということくらい、ルークだって分かっているはず。

「変わりたいのなら、勝手に変わればいい。サラが気にかける必要はないでしょう」

「それでも大切な仕事仲間だもの。無視なんてできるはずないよ」

やけに譲《ゆず》らない様子のルークに、違和感《いわかん》を覚えた。そもそもルークがこんな風に無理を言うのは初めてで、戸惑いを隠せない。

私の手を握る手のひらに力を込《こ》めるルークと、視線が絡《から》んだ。

「本当に分からないんですか？」

呆れたような嫌な感じの笑い方をしたルークは、はあと息を吐いた。

「他の男と親しくしているのを見て、不愉快《ふゆかい》にならないわけがないでしょう」

「……え」

ルークがリアムに対して嫉妬《しっと》していたなんて、想像すらしていなかった。

これまでのリアムからの散々な態度をルークも見ていたし、私もリアムに対して異性として接したことなんてなかった。間違《まちが》いなくこれから先だってない。

私達の間にそんな空気感なんて、一切《いっさい》なかったはず。

何よりリアムは「女らしくないところがいい」と言っていたし、私に対して恋愛《れんあい》感情を抱いているとは思えない。

むしろ私が絶対にリアムに好意を抱くことがないからこそ、リアムは心を開いてくれたのだから。

「でも、やましいことなんて何もないよ！　お互《たが》いに異性として意識してないし、本当にただの仕事仲間だもの。弟みたいに思ってるだけで」

「弟、ですか。いつまでもそうだとは限らないでしょう。俺みたいに」

ルークはそう言って、私から目を逸《そ》らす。

つまりルークは、私がいずれリアムを好きになるとでも思っているのだろうか。昔は弟のように思っていたルークを、今は異性として好きになったから。

「……なに、それ」

ルークと一緒にいるために元の世界に戻らないと決意したくらい、私はルークが何よりも大切で大好きなのに、何故《なぜ》そんなことを言われなければならないんだろう。

自分の気持ちが疑われたようで、苛立ちが募《つの》っていく。

「サラには俺の気持ちなんて分かりませんよね」

そしてルークのそんな言葉や態度に、完全に腹が立ってしまった。

「それはこっちのセリフだよ。ルークだって私の気持ち、何も分かってないくせに」

好きだと言ってこんな嫉妬までしておきながら、これまでの私への言動を思い返すと、ふつふつと怒《いか》りが込み上げてくる。

「自分勝手なのは、ルークの方じゃない……！」

これまでずっと溜まってきた不満が爆発《ばくはつ》したこと、自分の気持ちを疑われたことで、悔《くや》しさ悲しさから、涙《なみだ》が溢《あふ》れてくるのが分かった。

私だってたくさん不安になって、悩んでいたというのに。

「……サラ？」

ルークは私が泣き出したことに驚いたらしく、端正《たんせい》な顔には困惑の色が浮かぶ。

もう止まらなくなって、口からは勝手に言葉が溢れていく。

「ルークは本当に私のこと、女性として好きなの？」

「どういう意味ですか」

ルークの声が、低くなったのが分かる。

それでも構わずに、私は続けた。

「私を好きって言いながら、女性として見てないくせに！　だから何もしてこないんでしょ！」

ずっと胸の中で引っかかっていた疑問を口に出すと、ルークの金色の瞳《ひとみ》が見開かれた。

こんな形で聞くつもりはなかったのにと、すぐに後悔《こうかい》の念が押し寄せてくる。

それでも嫉妬はしても女性として見られないなんて、私には到底《とうてい》理解できなかった。

ぽたぽたと涙が頬を伝い、ベッドに染《し》みを作っていく。

「――は？」

一方、ルークの口からこぼれ落ちた声には、苛立ちがはっきりと滲《にじ》んでいた。

「……本気でそんなことを言っているんですか」

「最初にキスをした時、違うと思ったからでしょ？　結局、家族愛の延長線で――っ」

そこまで言った瞬間《しゅんかん》、後頭部を掴まれ、視界がぶれる。

気が付けば、噛《か》み付くように唇《くちびる》を塞《ふさ》がれていた。

「ん、う……」

息を吸う間もないまま、離《はな》れた途端《とたん》にまた距離《きょり》を詰められる。

何度も角度を変えて繰《く》り返されるキスに、呆然《ぼうぜん》とすることしかできない。

「ルーク……待って、っん……」

やっと唇が離れたかと思うと、ベッドに押し倒され、再び重なる。

もうこれ以上は限界で、逃《のが》れようと必死に抵抗《ていこう》する。

けれど非力な私がルークの力に敵《かな》うはずもなく、よりきつく手首を掴まれ、両腕《りょううで》をベッドに押し付けられてしまう。

上手《うま》く呼吸をできずにいた私は、酸素を取り込もうと唇を開く。すると隙間《すきま》から滑《すべ》り込んできた初めての感触《かんしょく》に、頭が真っ白になった。

だんだんと身体の力が抜《ぬ》けていき、抵抗することさえできなくなる。

されるがままの私の口内を、ルークは容赦《ようしゃ》なく荒《あ》らしていく。

「はあ……っ、はあ……」

――一体、どれくらいの時間が経ったのだろう。

ようやく解放された私は滲む視界の中、ぼんやりとルークを見上げた。

私を見下ろすルークの顔は火照《ほて》っていて、溶《と》け出しそうな蜂蜜《はちみつ》色の瞳には、はっきりとした情欲が宿っている。

先程まで抱いていた私の悩みなんて、馬鹿らしいと思えるくらいに。

「……家族の延長線？　俺がどれだけ我慢《がまん》しているのかも知らないで」

形の良い薄《うす》い唇には、自嘲《じちょう》めいた笑みが浮かんでいる。

ルークは未《いま》だに忙《せわ》しない呼吸をする私の頬に触《ふ》れると、すり、と指先を滑らせた。

「俺はいつだってサラしか女性に見えていませんよ。好きで大好きでどうにかなりそうなくらい、サラを愛しているのに」

「──っ」

そう呟《つぶや》くように言ったルークは、ひどく傷付いたような顔をしていた。

それでも、私は未だにルークの言動が理解できずにいた。

これまでキスだってしなかったくせに、どうしてこんな時にだけするのかも。

「なんで、こんな……」

「こうされたかったんでしょう？」

「……っ」

嫌な感じの言い方に、また苛立たしさが募る。

「もういい！　ルークなんて知らない！」

ルークは何も言わずに私から離れると立ち上がり、椅子《いす》にかけていた上着を乱雑に手に取った。

そしてそのまま、振り返ることなく部屋を出て行く。

しんと静まり返った部屋の中、ベッドの上に横になったままだった私は、口元を片方の手で覆《おお》った。

ルークに触れられた箇所《かしょ》がどこも熱くて、火照りはしばらく冷めそうにない。

ルークと喧嘩をするなんて、初めてだった。

いつも私の気持ちを優先して気遣《きづか》ってくれるルークに、無理やり触れられたことも。

「……こんなキス、全然嬉しくない」

あんな風に私自身に対して怒りを向けられたことだって、もちろんなかった。

心臓が鉛《なまり》みたいに重くなって、もやもやとした気持ちが広がっていく。頭の中はぐちゃぐちゃで、もう何も考えられなかった。考えたくなかった。

「……わけ、わかんない」

自室に戻った私は倒れ込むようにベッドの上に横になったけれど、何もかもが熱くて、心は波立って、いつまでも寝付《ねつ》けそうになんてなかった。

「つかぬことをお伺《うかが》いしますが、ルーク師団長と喧嘩でもしたんですか？」

翌日、太陽がちょうど真上に昇った頃《ころ》、隣を歩いていたスレン様にそう尋《たず》ねられた。

今日も早朝に王城を出て、ヨルガル大森林へやってきている。

怪我人《けがにん》の波が途切《とぎ》れたこと、王国のヒーラーが複数参加していることもあって、現在はスレン様と共に別行動をしていた。

ルークやリアムは変わらず最前線にて、魔獣の討伐を続けている。

三時間にわたる馬車の移動はもちろんルークと一緒だったけれど、私達は挨拶《あいさつ》すら交《か》わさずにいた。

『…………』

『…………』

席を替えるわけにもいかず、ただ隣に座っているのが気まずくて仕方なかった。

私自身、ルークに対してまだ怒りを抱いていたし、ルークもまた私に対して冷ややかな態度でいるのを感じていた。

普段《ふだん》、仲良くお喋《しゃべ》りをしている私達がほとんど口を利《き》いていなかったのだから、喧嘩をしているのかと思うのも当然だ。

そもそもリアムとルークの間の雰囲気《ふんいき》だって最悪で、馬車の中は地獄《じごく》の空気だった。

「……すみません、雰囲気悪かったですよね？」

「いえ、私は全く気にしないので大丈夫《だいじょうぶ》ですよ」

笑顔《えがお》でそう言ってのけたスレン様は、気を遣《つか》ってくれているというより、本当に気にしていないのが伝わってきて、ほっとする。

「それに、喧嘩というのも悪いことではないですから。お互いのことを知ったり、距離が縮まったりするきっかけにもなりますし」

「……ありがとうございます。そうだといいんですが」

大人になってから、誰かと喧嘩をしたことなんてなかった。

過去の恋人《こいびと》とはお互い無理に合わせようとするばかりで、正直な気持ちを口にすることも少なく、言い合いになんてならなかった記憶《きおく》がある。

だからこそ、どうやって仲直りをすればいいのか、分からなかった。

「私なんてもう、喧嘩をしてくれる人もいなくなってしまいました。ですから、素直《すなお》にぶつかってくるリアムが可愛《かわい》いんです」

いつもスレン様に対して失礼で生意気な態度をとってばかりいるリアムを、なぜスレン様が可愛がっているのか、実は不思議だった。

スレン様ほどの立場では周りからは気を遣われ、合わせられることが多いはず。

それが寂《さび》しいからこそ、リアムのような存在が新鮮《しんせん》なのかもしれない。

「それでも、度がすぎた時にはしっかり教育しているので安心してくださいね」

先日、リアムがスレン様は怒ると誰よりも怖い、と言っていたことを思い出す。

私は絶対に怒らせないようにしようと、心の中で固く誓《ちか》った。

「とにかく気を落とさず、この状況も楽しむくらいがちょうどいいと思います」

「はい、ありがとうございます」

スレン様の言葉には説得力があって、心が少し軽くなった気がする。

そうして顔を上げると、目の前の暗闇《くらやみ》の中に赤い点が無数に光っているのが見えた。

一体なんだろうと目を凝《こ》らし、それらが全て魔獣の目玉だと気付いた瞬間、背筋にぞくりと冷たいものが走った。

「ひっ……」

「おや、この辺りも魔獣が多いようですね」

次の瞬間には一斉《いっせい》に先日見かけたサソリ型の魔獣が飛びかかってきたものの、スレン様は一切動じることなく身体が強張《こわば》る私を庇《かば》うように立つ。

そして手のひらをかざし、線を描《えが》くように左から右へ動かす。

するとスレン様の手の動きと共に目の前が凍《こお》りついていき、あっという間に草木ごと魔獣は凍りつき、一枚の大きな氷の板が出来上がっていた。

「す、すごい……」

「溶解液《ようかい》を吐く魔獣は、凍らせてしまうのが一番ですから」

スレン様は立《た》ち尽《つ》くす私に手招きをすると、氷漬《づ》けにされた魔獣の奥へ向かう。

氷の中の魔獣は今にも動き出しそうで、ドキドキしてしまいながら横を通り抜ける。

「どこへ行くんですか？」

「何か嫌な感じがしまして」

そのまま少し進んだ先で、スレン様はぴたりと足を止めた。

その少し先——苔《こけ》に覆われた地面の上に、何か鈍色《にびいろ》のものが見える。

「怪《あや》しいですね」

スレン様はその部分へ指先を向けると、ふっと上へ動かす。すると土埃《つちぼこり》が上がり、ギギギという金属が擦《こす》れるような音がして、銅でできた扉《とびら》が現れた。

近づいていくスレン様の後を、恐る恐るついていく。

「なに、これ……」

スレン様が魔法《まほう》で扉を開けると、地中へと続く階段があって、息を呑む。

中は薄暗《うすぐら》くてほとんど見えないけれど、スレン様が小石を投げ込めば、コン、コン、とどこまでも転がり落ちていく音が聞こえた。

「かなり深い部分まで続いているようですね。とても嫌な気配がします」

スレン様の言う通り、魔力《まりょく》感知が得意ではない私でも分かるくらい、魔獣を前にした時の感覚を濃く煮詰《につ》めたような感覚に寒気がした。

「これは一体、何なんですか……？」

こんなものがあるなんて、マリアーク王国側からは聞いていない。

「もしかすると、今回の大量発生の原因に繋《つな》がるものかもしれません。ひとまず今日はここで引き返して、明日またルーク師団長やリアムと共に調査をしましょうか」

「……分かりました」

いつだって一人で突《つ》き進《すす》むスレン様が、日を改め、他の人々を呼んでから行こうとするなんて、相当警戒《けいかい》していることが窺《うかが》える。

スレン様は地下へ誰も立ち入れないよう結界を張ると、私へ手を差し出す。

その手を取れば、身体が眩《まばゆ》い光と浮遊《ふゆう》感に包まれる。

「さ、帰りは楽をしましょう」

唇に人差し指を当て、悪戯《いたずら》っぽく微笑む。

次の瞬間には、ルーク達が魔獣と戦闘を続ける地点へと戻っていた。

それから二時間後、私達四人は王城へ向かう馬車に揺《ゆ》られていた。

今も隣に座るルークとは顔を合わせた時に「お疲れ様」と声をかけ合ったものの、気詰《きづ》まりな雰囲気に変わりはない。

「実は今日、サラさんと調査をする中で、地下へ続く妙《みょう》な扉を見つけました」

やがてスレン様はあの地下について、ルークとリアムに説明を始めた。

ルークは真剣な表情で、リアムは興味津々《きょうみしんしん》といった様子で話を聞いている。

「私はあの先に今回の原因があるのではないかと思っています。今のところ全く根拠《こんきょ》はありませんが、私の勘《かん》はほぼ当たるので」

「確かにスレンって予知能力でもあんのかってくらい、なんでも当たるよな」

スレン様の予想が当たっていると、信じたかった。

私達がこの国にいられる時間はもう、あと少ししかないのだから。

「明日、朝からこの四人で地下へ行こうと思います」

「……は」

これまで黙《だま》っていたルークが、目を見開く。

「行くのは俺達三人だけでいいでしょう。どんな危険があるかも分からない場所に、戦う術《すべ》を持たないサラを連れて行くのは反対です」

「ルーク！」

私の意志を無視して、勝手にそう言ってのけたルークを咎《とが》めるように名前を呼ぶ。

それでもルークは、私の方を見ようともしない。

「ですが、サラさんにしかできないこともあります」

強い眼差しを向けるルークに対し、スレン様はなおも冷静だった。

私にしかできないこと、という言葉が頭の中で響《ひび》く。

——本当は私自身、あの地下へ行くのは怖かった。入り口にいるだけでも、逃げ出したくなるような強い不安と恐怖《きょうふ》を覚えていた。

けれどスレン様がなんの理由もなく、あの場所へ私を連れて行くはずがない、ということも分かっている。

恐怖心を押しつぶすようにきつく手を握りしめると、私は深く頷《うなず》いた。

「分かりました。私も行かせてください」

「サラ！」

咎めるように、ルークに名前を呼ばれる。

それでも私は顔を上げ、まっすぐにルークを見つめた。

「私だって王国魔術師だもの。ルークは口を出さないで」

「……っ」

私だって、なんの覚悟《かくご》もなく王国魔術師になったわけではない。

危険が伴《ともな》うものだと理解していたし、この力を役立てたい、ルークの隣で胸を張って生きていけるようになりたいという、強い思いがあったからだ。

「それに、サラさんは私達で守ればいいだけですから。これは決定事項《じこう》です」

スレン様は笑顔のままだったけれど、有無《うむ》を言わせない強い圧が感じられる。

ルークはしばらく何か言いたげな、苦しげな表情をしていたけれど、「分かりました」

とだけ言い、それから王城に着くまで口を閉ざしていた。
そうして明日、私達は四人で地下へ向かうこととなった。

6 呪い

翌日の早朝、私達は昨日見つけた例の扉《とびら》へとやってきていた。

「へえ、面白《おもしろ》そうじゃん。化け物が出てきそうだな」

「余計に怖《こわ》くなるからやめてよ」

そっと暗い中を覗《のぞ》いてみたけれど、やはり底なし沼《ぬま》のような不気味さが感じられる。

元々暗いところや幽霊《ゆうれい》の類《たぐい》が苦手な私は、魔獣《まじゅう》の有無《うむ》を除いたとしても、この階段を降りて中へ入ることに、かなりの恐怖《きょうふ》心があった。

一方、好奇《こうき》心に満ちた顔をしているリアムは、代《か》わり映《ば》えのしない魔獣の討伐《とうばつ》に飽《あ》き飽きしていたらしく、まるで探検に行く少年みたいだ。

「…………」

少し前に立つルークを、ちらりと見上げる。真剣《しんけん》な表情で扉の先を見つめている彼と、ここに来るまでの馬車の中でも会話はないまま。

喧嘩《けんか》から二日が経《た》ち、頭が冷えたのか怒《いか》りはおさまっていた。言葉はなくともルークの態度から、彼も同じであることが窺《うかが》える。

けれど気まずさはまだあって、声をかけることもできずにいた。

「それにしても、静かすぎて気味が悪いな」

リアムの言う通り風の音しか聞こえず、さらに恐怖心を煽《あお》ってくる。

ちなみに大森林内に異変が起きた時に備えて今日の討伐は中止し、森の中には私達以外立ち入らないように呼びかけてあった。

「では、行きましょうか」

「……はい」

まずはスレン様が魔法《まほう》で手のひらに明かりを灯《とも》しながら、階段を降りていく。

その後を私、ルーク、リアムの順で続いた。

数歩進んだところでカビのような匂《にお》いが鼻をつき、ローブで口と鼻を覆《おお》う。中はとても静かで、私達四人分の足音だけが響《ひび》いている。

終わりが見えない階段がこれほど不気味で不安になるものだとは、知らなかった。長い階段を降りていくにつれて、身体《からだ》にのしかかる嫌《いや》な空気が濃《こ》く重くなっていく気がした。

年数を経て劣化《れっか》し、石造りの階段は歪《ゆが》んでいる上に、足元は全く見えない。慎重《しんちょう》に降りていたものの、足を踏《ふ》み外《はず》して前のめりにバランスを崩《くず》してしまう。

「きゃ……っ」

けれど間髪《かんはつ》を入れずにルークの腕《うで》が伸《の》びてきて、腹部に回され、後ろに抱《だ》き寄せられる。

軽々と片方の腕で支えられ、やがてそっと下ろされた。

「気を付けてください」

「あ、ありがとう」

ルークの声はとても優《やさ》しいもので、すぐに腕を離《はな》されたことに寂《さび》しさを覚えてしまう。

喧嘩をしていたって結局、ルークのことが好きなのだと実感する。

「ようやく開けた場所に出られそうです」

やがて五十段ほど降りたところで平地に辿《たど》り着《つ》き、スレン様が魔法で照らした先には、ハワード男爵邸《だんしゃくてい》の私の部屋くらいの広さの空間があった。

「暗すぎて何も見えねえな」

リアムが部屋の四隅《よすみ》に火魔法で炎《ほのお》を起こしたことで、一気に明るくなる。部屋全体も石造のため、燃え広がる心配はなさそうだ。

そうして全貌《ぜんぼう》が見えるようになった地面には、赤茶色の液体で描《えが》かれたらしい、大きな魔法陣《まほうじん》みたいなものがあった。

初めて見る形だけれど、眺《なが》めているだけで気分が悪くなるような歪《いびつ》な形をしている。

「これは一体……」

私の側《そば》に立つルークも不快感を覚えているらしく、形の良《い》い眉《まゆ》を寄せていた。

「ああ、やはりこれが原因だったんですね」

納得《なっとく》した様子のスレン様はしゃがみ込み、指先で魔法陣の一部に触《ふ》れる。

するとスレン様の白く細い指先があっという間に黒ずんでいき、息を呑《の》む。

戸惑《とまど》う私やルークを他所《よそ》にスレン様自身は平然とした様子で、じっと観察するように黒い模様のようなものが広がる指先を眺めていた。

「サラさん、申し訳ありませんが浄化《じょうか》していただいても？」

「は、はい！」

スレン様の元へすぐに駆《か》け寄《よ》ると「呪《のろ》いを浄化する感覚で合っているかと」という言葉に頷《うなず》きながら、魔法をかける。

すると少し時間はかかったものの、無事に元通りにすることができて、ほっとした。

「おそらく遠い昔に、この場所で何かを召喚《しょうかん》する儀式《ぎしき》をした者がいたのでしょう」

「召喚する儀式……？」

「はい。古くから悪魔《あくま》や魔神《まじん》の存在を信じ、崇拝《すうはい》する人間は多いですから。そしてそれらを召喚しようと、間違《まちが》った知識でこういったまじないをする者も後を絶たない」

口元に呆《あき》れを含《ふく》んだ笑《え》みを浮《う》かべ、スレン様は続ける。

「儀式というのは本来、全ての条件を満たさなければ成り立ちません。だからこそ、半端《はんぱ》なもののほとんどは何も起こらずに終わります。……ここからは私の予想ですが、この儀式も当初は成立していなかったのではないでしょうか」

「失敗したとして、魔獣が何故《なぜ》ここから発生するのですか」

私も抱《いだ》いていた疑問を、ルークが口にする。

「召喚の儀式には大抵《たいてい》、供物《くもつ》が必要になります。儀式が行われた当初は条件を満たしていなかったものの、今になって満たされたとすれば辻褄《つじつま》が合うと思いませんか？」

「こんな場所で今更揃《いまさらそろ》う供物って、何があるんだよ」

リアムの問いに対し、スレン様は笑顔《えがお》のまま続けた。

「そうですね——たとえば、人間とか」

ぞくりと背筋に冷たいものが走る。スレン様は表情ひとつ変えないけれど、私だけでなくルークやリアムの表情が強張《こわば》ったのが分かった。

「こんな場所でも、財宝があるかもしれないと興味本意で入る者もいるでしょうから」

そんなおぞましいことがあってはならないと思っても、心のどこかではスレン様の仮説が当たっている気がしていた。

「あの扉からここへ迷《まよ》い込んだ人間達がなんらかのきっかけで命を落とし、供物として判断された結果、やがて儀式は成立した。けれど時間が経っていたこと、もしくは元々不完全だったことで、召喚しようとした何かの代わりに魔獣が生み出されるだけのものになってしまった——というのが私の予想です」

スレン様は「こんなもの、妄想《もうそう》話となんら変わらないんですけどね」と笑う。

少しの間、この場には重苦しい沈黙《ちんもく》が流れたものの、それを破ったのはルークだった。

「それがこの場所で起きた真実だとして、俺達は何をすべきなんでしょうか」

「こういったものには、依代《よりしろ》があるはずなんです。それが発する瘴気《しょうき》が魔獣を生み出していたのなら、浄化さえすれば終わるかと。どんな形をしているのかは分かりませんが」

「それって簡単に壊《こわ》せるものなんですか？」

「過去に一度だけ、同じようなものを見たことがあります。その時は魔道具《まどうぐ》の人形が依代になっていたのですが、光魔法使《まほうつか》い十人が半月かけて浄化し、破壊《はかい》しました」

こういったまじないは呪いに似ているらしく、確かに日本でも「呪い」を「まじない」と読むことを思い出す。

だからこそ、私のような光魔法使いが呪い同様に浄化するのだという。

けれど今の問題は、浄化にかかる時間だった。

「は？　そんなに時間かかるのかよ。あと半月もこの討伐を続けるのは無理だろ」

あからさまに嫌な顔をしたリアムに対し、スレン様は首を左右に振《ふ》った。

「我々にはサラさんがいるじゃないですか。きっとパパッとやってくれますよ」

「えっ……」

「先程《さきほど》、私の指を治してくれたでしょう？　あれと同じです」

あっさりと言ってのけたスレン様に、戸惑いを隠《かく》せない。

過去に研究所で呪いを浄化する実験を行ったけれど、その時は呪いがかかった手のひらサイズの小さな魔道具を浄化しただけ。

広大なヨルガル大森林に大量の魔獣を発生させる、これほどの強い呪いを私が浄化できるかどうかは分からなかった。

それでも私ができなければ、今後も魔獣は増え続け、人々が苦しむことになる。

やらないという選択肢《せんたくし》なんてあるはずはなく、全力を尽《つ》くすしかない。

「……分かりました。やってみます」

深く頷くと、スレン様は「ありがとうございます」と微笑《ほほえ》んだ。

「とはいえ、浄化すべき依代がどこにあるのかも分からないので、まずはそれを探すところから始めましょうか」

スレン様が指差した部屋の奥には、人が一人通れるほどの狭《せま》い道があった。

先程同様、スレン様の後に続いて道を進んでいく。やがて一本道は二本道に、そしてまた二本道にという調子で分岐《ぶんき》していた。

想像していた以上に地下は広く、ひとまず魔法で通った道に目印をつけながら、適当に進んでいく。

「お前、ビビりすぎだろ」

「だ、だって……」

常に暗闇《くらやみ》から何かが出てきそうな緊張《きんちょう》感が漂《ただよ》っていて、少しの物音にも過剰《かじょう》に反応してしまう。私以外はみんな落ち着いていて、踏んできた場数が違《ちが》うのだろう。

それでもリアムが時折、声をかけてくれることに救われていた。

「儀式が行われたあの場所にないということは、動くものなんでしょうか」

「はい。なんらかの生き物を象《かたど》っている可能性が高いです」

ルークの言葉に、スレン様が頷く。

あれほどの魔獣を生み出す生き物なんて、想像もつかない。

「つーか、こんなん迷路《めいろ》じゃん」

苛立《いらだ》った様子で壁《かべ》を蹴《け》るリアムの言う通り、まるで迷路だと思っていると、不意に不思議な音が聞こえてくることに気が付いた。

足を止めて、耳を澄《す》ませる。

「……何か、人の声みたいなものが聞こえませんか？」

かすかな音は、女性の悲鳴みたいにも聞こえる。もしかすると、迷い込んでまだ生きている人がいるのかもしれない。

「俺には何も聞こえません」

「ああ。俺も耳はいいけど一切《いっさい》聞こえないな」

ルークだけでなくリアムやスレン様にも聞こえないらしく、私の勘違《かんちが》いかとも思ったけれど、だんだんとはっきりと聞こえるようになっていく一方だった。

とても無視できそうになく、声がする方へ進んでいく。

「こっちから聞こえてきます」

「ひとまず、行ってみましょうか」

それからは声を頼《たよ》りに進んでいき、五分ほど歩いただろうか。

やがて辿り着いたのは、石壁《いしかべ》でできた行き止まりだった。後ろからは、リアムが呆れを含んだ溜《た》め息《いき》を吐《つ》いている。

「お前の幻聴《げんちょう》だったんじゃねえの」

スレン様とリアムは少し近くを見てくると言って、来た道を戻《もど》っていく。

「…………」

「…………」

この場には私とルーク二人だけになり、しん、と沈黙が流れる。

いつまでも意地を張っていないで、そろそろ声をかけようと思っても、どう切り出して良いか分からない。

そうしているうちに、先に口を開いたのはルークの方だった。

「……サラ、まだ怒《おこ》っていますか？」

恐《おそ》る恐る私の機嫌《きげん》を窺うようなルークは、まるで捨てられた子犬みたいで。その様子に思わず肩《かた》の力が抜《ぬ》けていくのが分かった。

「あの時は腹が立ったけど、今はもう怒ってないよ。ルークは？」

「俺は怒っていたというより、サラがあんな風に思っていたことに戸惑いました」

女性として見られていないと思っていたなんて、想像すらしていなかったという。

「それなら、どうして……」

「むしろ俺はサラに触れたくて仕方なくて、必死に我慢《がまん》していたので」

「えっ？」

「自分を抑《おさ》えきれる自信がなかったんです」

信じられずルークを見上げたものの、嘘《うそ》をついている様子はない。

けれど確かに、その理由ならこれまでのルークの態度にも全て納得がいく。まさか想像していたのと真逆だったなんて、私も戸惑いを隠せなくなる。

「で、でも私のことを『そういう相手じゃない』って王女様に言ってたよね？」

「……あの場にいたんですか？」

ルークは最初、なんのことか分からなかったようだけれど、やがて歓迎会《かんげい》の後の王女様とのやりとりを思い出したらしい。

「うん。偶然《ぐうぜん》なんだけど」

「サラは俺にとって何よりも大切な存在なので、欲求を満たすだけの相手のように言われたのが不愉快《ふゆかい》だっただけです」

　全て完全な勘違いとすれ違いだったと知り、安心して今すぐ座り込みたくなる。

　お互《たが》いに言葉が足りなすぎた結果だと、反省もした。

「そんな風に思ってくれていたのに、ルークの気持ちを疑ってごめんね」

「いえ、俺こそサラを大事にするつもりが、不安にさせてしまって……こんな不甲斐《ふがい》ない俺のこと、嫌になりましたか？」

　ルークはまだ不安げな表情を浮かべていて、今度は私がきちんと伝えるべきだろう。

　私はルークの手をそっと両手で包むと、まっすぐに見上げた。

「ううん。私はルークのことが今も大好きだし、触れられたいと思ってるよ」

　恥《は》ずかしいけれど、正直な気持ちを口にする。

　もう今回のようなすれ違いは、絶対にしたくなかった。

「……そんなことを言われてはもう、本当に我慢してあげられなくなります」

　私が摑《つか》んでいない方の手で口元を覆い、ルークは俯《うつむ》く。

　暗がりの中でも分かるくらい、隙間《すきま》から見える顔は赤くて、私もまた顔に熱が集まっていくのを感じていた。

「ここを出て戻ったら、話をしましょう」

「うん、そうだね」

まだまだ話したいことはあるけれど、とにかく今はこの場所の浄化を終えて、全員無事に戻らなければ。

ルークから手を離して両頰《りょうほお》を軽く叩《たた》き、気持ちを入《い》れ替《か》える。

そうして改めて耳を澄ませると、再び先程と同じ声のようなものが聞こえてきた。

「……やっぱり、この先から聞こえる」

もう一度、行き止まりの壁へ近づいていく。

石壁の向こうからは、これまでで一番はっきりと声が聞こえる。

おかしいなと思いながら、何気なく石壁にそっと触れた瞬間《しゅんかん》、ずぶりと右手が沈《しず》む感覚がした。

「――え」

そのまま体勢を崩してしまい、傾《かたむ》いた身体ごと石壁の向こうに吸い込まれていく。生ぬるく、気色が悪い感覚に包まれ、鳥肌《とりはだ》が立つ。

なんで、どうしてと頭が真っ白になっていく中で、ルークの声が聞こえる。

「サラ！」

けれど振り向く間もないまま、私の身体は壁の中に飲み込まれていった。

ずるりと壁を通り抜けたらしく、そのまま床《ゆか》に倒《たお》れ込んだ。

振り返って再び壁に触れてみても硬《かた》い土壁があるだけで、びくともしない。一方からしか通り抜けられない仕組みなのだろうか。

けれどルークなら、絶対に私を追いかけようとしてくれるはず。それなのに、すぐにここへやってこないということは、私だけが通り抜けてしまったのかもしれない。

「ルーク……」

突然《とつぜん》、わけの分からない場所で一人ぼっちになってしまい、冷《ひ》や汗《あせ》が滲《にじ》み出《で》て、指先まで全身に強い恐怖心が広がっていく。

三人の——ルークの存在がどれほど支えになっていたのかを、心底思い知る。

そしてふと、縋《すが》るように手首へと視線を向ければ、ルークとお揃いでつけていたはずの魔道具のブレスレットがないことに気が付いた。

「……そんな」

ついさっきまではあったはずなのに、壁を通り抜ける際に外れてしまったのだろうか。

今回のものは無事を確認《かくにん》できるだけでなく、魔石《ませき》の効果で位置が分かるため、より絶望感が全身に広がっていく。

その上、今いる場所はこれまでと比べ物にならないくらい、嫌な気配が濃い。呼吸をすることさえ、躊躇《ためら》われるほどに。

「……しっかりしなきゃ」

とにかく今は下手に動き回るより、助けが来るのを待つしかない。

たとえブレスレットがなくても、ルークはきっと助けに来てくれるはず。そんな安心感のお蔭《かげ》で、こんな状況《じょうきょう》でも前向きになれた。

まずは自分のいる場所を把握《はあく》しようと、辺りを見回してみる。最初の部屋よりもずっと広い、土壁に覆われた部屋とは呼べない空間が広がっていた。

先程までは真っ暗だったものの、今いる場所はぼんやりと明るい。

見上げると、真上には吹《ふ》き抜けのように地上へ続く穴が開いていて、かすかに陽の光が差し込んでいるみたいだった。

立ち上がろうと地面に手をつくと、硬い感触《かんしょく》と共にカラ、カラン、と何かがぶつかる音がする。視線を向けた私は、それが何なのか理解した瞬間、口からは叫《さけ》び声《ごえ》が漏《も》れた。

「きゃあっ」

地面に広がる白いものは全て、白骨だった。魔獣のものだけでなく、人間らしいものも多々あって、震《ふる》える身体を両手で抱きしめる。

どれほどのものがここで命を落としたのか考えるだけで、震えが止まらなくなった。

──地下への入り口である扉は見つけにくいものではあったけれど、誰《だれ》でも立ち入れる状態だった。

服の一部などもあって、割と新しいもののように見える。スレン様の言う通り、ここに迷い込んできた人間は少なくないのかもしれない。

そしてこの場所の存在が明らかになっていないのは、その全員がここで命を落とし、二度と地上に出られないからだと思い至った途端《とたん》、身体中の血が凍《こお》るほどの寒気がした。

「……ァ……」

そんな中、先程まで聞こえていた声と、ひたひたと何かが近づいてくる音がする。

逃《に》げなきゃと思っても、腰《こし》が抜けて立ち上がることすらできない。

「ギィイイ……アァア……」

「——っ」

やがて近づいてきたものの姿が見えてきて、私は声にならない悲鳴を上げた。

ずるずると手足のようなものを引きずりながら向かってくるそれはまるで、人間が崩れ、魔獣と混ざったような恐ろしい姿をしていた。

このままでは、殺される。

そう確信した私は必死に自分を奮い立たせ、両手をそれに向かってかざした。

ラッセルさんは魔力《まりょく》の消費も多く、危険が伴《ともな》うから研究所の外では使うなと言っていたけれど、身を守るためには浄化で倒すしかない。

「イアアァ……アアア！」

けれど、光が広がっていき、右腕《みぎうで》らしきものの一部が溶《と》けた途端、それは俊敏《しゅんびん》な動きで後ろへ飛《と》び退《の》いた。

口のような頭に開いた穴からは、叫び声に似た悲鳴が漏れていく。やはりそれは人間のものに似ていて、苦しげな声に耳を塞《ふさ》ぎたくなる。

もう一度手のひらを向けたけれど、光が届く前にまたかわされてしまう。

これまでの相手は檻《おり》の中や牢《ろう》の中にいたからこそ、一方的な形で浄化することができていた。けれど実践《じっせん》の場では、相手に当てることすらできないのだと思い知る。

相手もそれを理解したのか、左腕を鞭《むち》のように振り回し、攻撃《こうげき》を放ってきた。

魔獣というのは知能が高くないと聞いていたけれど、目の前のものに関しては、とてもそうは見えない。だからこそ、余計に得体の知れない恐怖を感じてしまう。

「……っう……！」

すんでのところで身体を逸《そ》らしたものの、肩のあたりに触れ、じゅっと火傷《やけど》みたいに一瞬《いっしゅん》にして肌《はだ》が黒く爛《ただ》れた。

魔法陣に触れたスレン様の指先と同じ状態で、激しい痛みにきつく唇《くちびる》を噛《か》み締《し》める。

すぐに治癒《ちゆ》魔法をかけたけれど、こんなものをまともに食らえば、一瞬にして命を落としてしまうだろう。

そう思った私は、自分の身体を覆うほどの魔力を広げた。こちらからの攻撃が当てられないのなら、近づけないようにして身を守るしかない。

「イイィ……！　アアア！」

予想通り私の魔力の光が危険だと判断したのか、光が広がっている範囲《はんい》には近づいてこなかった。苛立っているのか手足を振り回し、叫び声を上げている。

それでも、魔力だって限りがある。私が魔力を放つのをやめれば、途端に攻撃をされて死ぬのは確実だった。

ここ数日、討伐中の治療《ちりょう》で魔力を使いすぎているため、いつまで持つかは分からない。

無理をして限界を超《こ》えれば魔力切れを起こし、命を落としてしまう可能性もある。

これまでに感じたことのない、強い恐怖や不安で視界が滲む。

それでもこんなところで死ぬなんて、絶対に嫌だった。

「……ここを出たらちゃんと話をするって、ルークと約束したんだから」

絶対に諦《あきら》めたりしないと、まっすぐ前を見据《みす》える。

その瞬間、爆音《ばくおん》とけたたましい悲鳴が響いた。

「サラ！」

次いで聞き間違えるはずもないルークの声が聞こえてきて、視線を向ける。

そこにはやっぱり剣《けん》を手にこちらへ向かってくるルークの姿があって、安堵《あんど》から全身の力が抜けて、視界がぼやけていくのが分かった。

「無事でいてくれて、本当に良かった……！」

「う、う……」

きつく抱きしめられ、どうしようもなくほっとする。

安堵から堪《こら》えていた涙《なみだ》が溢《あふ》れてくる私をあやすように、安心させるように、ルークは背中を撫《な》でてくれた。

「おい、感動の再会はいいから、まずはこいつを何とかするから手伝え！」

顔を上げるとルークの肩越《かたご》しに、人型の魔獣と戦うリアムの姿があった。いつもは一人で戦いたがるリアムがそう言うのだから、やはり相当危険な相手なのだろう。

「……ごめんね、もう大丈夫《だいじょうぶ》」

泣いている場合ではないと、袖《そで》で涙を拭《ぬぐ》う。

そしてルークの手を取って立ち上がると、魔獣に向き直った。

この魔獣が、スレン様の言っていた依代で間違いない。ルークとリアムも同じ考えのようだった。

恐ろしい姿を見ると先程までの恐怖が蘇《よみがえ》ってきて、足が竦《すく》む。けれど今はルークやリアムの存在もあって、立ち向かう勇気が湧《わ》いてくる。

スレン様は瘴気が急に濃くなったことで、魔獣がこれ以上増えるのを防ぐために地上で結界を張っているという。

「あと死体は生きている時より瘴気が溢れやすいから、生きてる間に浄化しろって」

「俺とこいつで動きを止めるので、お願いできますか」

「……うん、大丈夫」

深く頷けば、ルークは小さく震えていた私の手を握《にぎ》りしめてくれる。

ルークが側にいてくれるだけで、どんなことだってできる気がした。

7 本当の気持ち

地下にいた魔獣《まじゅう》を無事に浄化《じょうか》した後、私達はスレン様の転移魔法《まほう》で王城へ戻《もど》ってきた。

大人数――それも距離《きょり》がある場合かなりの魔力《まりょく》を消費するらしく、普段《ふだん》は嫌《いや》だと言っていたのに、私達がもうぼろぼろだったため気遣《きづか》ってくれたのだろう。

『後は私とリアムに任せて、お二人はゆっくり休んでください』

『俺もかよ』

マリアーク王国への地下での報告については、スレン様とリアムがしてくれるようで、私達はそのまま各々《おのおの》の部屋へと送り届けられた。

いつも文句を言うリアムも「さっさと寝《ね》ろ」なんて言い、心配してくれているのが窺《うかが》えて笑《え》みがこぼれた。

メイドにマッサージをされながら丁寧《ていねい》にお風呂《ふろ》に入れてもらい、柔《やわ》らかなシルクのネグリジェに着替《きが》えた私は、ぼふりとベッドに倒《たお》れ込み、今に至る。

なんだか先程《さきほど》の出来事全てに現実味がなくて、悪い夢だった気さえしてくる。

「……本当に疲《つか》れた、なあ」

ベッドの上で横たわっていた私は、枕《まくら》に顔を埋《う》め、ぽつりと呟《つぶや》く。
リアムとルークが協力し魔獣を押さえつけてくれたことで、私は浄化に専念できた。け
れど予想をはるかに上回る濃《こ》い呪《のろ》いにより、五時間ほどの時間を要した。
二人もかなり消耗《しょうもう》していたし、ルークには隠《かく》していたけれど、私自身の限界も近く魔
力もほとんど空っぽだ。魔力切れを起こさなかったのが、奇跡《きせき》だと思えるくらいに。
けれどこれでもう新たに魔獣が生まれることがないと思うと、心底安堵《あんど》していた。
あの人型の魔獣を倒して原因を取り除いても、これまでに発生した魔獣の残党は大森林
にいるため、討伐《とうばつ》は続ける必要がある。
私の身体《からだ》や魔力の回復には少なくとも数日はかかるだろうし、とにかく身体を休めよう
と目を閉じたものの、眠気《ねむけ》はこない。
心身共に疲れ切っているはずなのに、目が冴《さ》えてしまう。
――ルークは今頃《いまごろ》、ゆっくり休めているのかな。
そんなことを考えていると、ドアを叩《たた》く音がして、寝返《ねがえ》りを打って身体を向ける。
「どうぞ」
てっきりメイドだと思っていたものの、入ってきたのはルークその人だった。
「ルーク？　どうしたの？」
「突然《とつぜん》すみません、お休み中でしたか？」

「うぅん、眠れなくて」

ソファに案内しようと慌《あわ》ててベッドから起き上がったけれど、すぐに止められる。

「サラはそのままでいてください。俺が側《そば》に行きますから」

ルークはこちらへ向かってくると、ベッドの上に腰《こし》を下ろした。ルークも休むつもりだったのか、ラフな服装に身を包んでいる。

風呂上がりらしく、柔らかな紺髪《こんがみ》はまっすぐに流れ、少しの幼さを感じさせた。

無造作にベッドの上に置いていた右手が温かい手のひらに包まれ、ルークの指先が手の甲《こう》を撫《な》でていく。

「……サラの姿が消えた後、生きた心地《ここち》がしませんでした。あの場にはブレスレットが落ちていて、目の前が真っ暗になりました」

やはりブレスレットは、壁《かべ》を通《とお》り抜《ぬ》ける際に落としてしまったようだった。

ドラゴン討伐の際、私もブレスレットを心の拠《よ》り所《どころ》にしていたことを思い出す。

「本当に、無事でいてくれてよかった」

力が抜けたようにルークは私の肩《かた》に顔を埋め、息を吐《つ》く。

その様子からはどれほど心配してくれたのかが伝わってきて、胸が痛んだ。

「助けに来てくれて、本当にありがとう。ルークは絶対に来てくれるって信じてたから、絶対に戻って話をしたいって強く思えたから、諦《あきら》めずにいられたんだ」

「当然です。俺が助けに行かないはずがないでしょう」

拗《す》ねたような声を出すルークはいつも通りで、ほっと力が抜けていく。

昨日まで感じていた気まずさだって、もう一切《いっさい》感じなくなっていた。

「もう二度と、こんな気持ちは味わいたくありません」

「……うん、ごめんね」

そう言ったルークの声は震《ふる》えていて、涙腺《るいせん》が緩《ゆる》む。

「しばらくこうしていても、いいですか」

頷《うなず》いた私はルークの背中に手を回し、安心させるように何度も撫でる。

「……そもそもここ最近、サラ不足で死にそうでした」

あの喧嘩《けんか》から、私達は最低限しか顔を合わせず、会話だってほとんどなかった。私自身も寂《さび》しくて悲しくて、こうして触《ふ》れ合《あ》える今が幸せで仕方ない。

「ごめんね。私だって寂しかったよ」

「俺にはサラがいないと駄目《だめ》なんだと、改めて思い知りました」

すり、と頬擦《ほおず》りするように顔を動かしたルークの髪《かみ》が首筋に当たって、くすぐったい。

やがて顔を上げたルークと、吐息《といき》がかかりそうなほどの至近距離で視線が絡《から》んだ。

『……そんなことを言われてはもう、本当に我慢《がまん》してあげられなくなります』

地下での言葉を思い出し、心臓が早鐘《はやがね》を打っていく。

「サラ」

愛情に満ちた眼差《まなざ》しを向けられ、ルークの手が伸《の》びてきて、耳に触れられる。

小さく肩を跳《は》ねさせた私を見て、ルークはふっと口元を緩めた。

全ての仕草から愛されているのが伝わってきて、胸がいっぱいになる。

ゆっくりとルークの顔が近づいてきて、ほんの一瞬《いっしゅん》、唇《くちびる》が触れ合った。

「……っ」

唇が離《はな》れ、鼻先が触れ合ったまま目と目が合う。

そして耳に触れていた手が後頭部に回され、ぐっと引き寄せられたかと思うと、息を吐く間もないまま再び唇が重なった。

「……ふ……っ」

まるで存在を確かめるかのように何度も角度を変え、深くなっていく。

鼻から抜けるようなくぐもった声は、自分のものだとは思えないくらいに甘い。だんだんと呼吸が乱れ、頭の中がじんと痺《しび》れる感覚がする。

「待っ……は、っ……」

前回のキスとは違《ちが》い、心地よさを感じて、身体の力が抜けていく。

自分が自分でなくなってしまいそうで怖《こわ》くなり、ルークの胸板《むないた》を押す。けれどびくともしないどころか、余計に距離を縮められてしまう。

やがて唇が離れた後、再びルークに抱《だ》きしめられた。

「……先日、サラしか女性に見えないと言いましたよね。あれは本当です。俺はいつだってサラが好きで大好きで、もっと触れたい口付けたい、抱きたいと思っていますから」

「え」

ルークの薄《うす》い唇からは、予想もしていなかった言葉が次々と飛び出す。驚《おどろ》きの声を漏《も》らす私を見て、ルークは困ったように眉尻《まゆじり》を下げた。

「サラは知らないでしょう？　サラが愛《いと》しくて大切にしたいと思う反面、めちゃくちゃにしてしまいたいと思ってしまう時があるなんて」

「……っ」

初めて聞くルークの本音に、戸惑《とまど》いを隠せなくなる。

まさかルークがそんなことを考えていたなんて、私は想像もしていなかった。

「俺とサラは気持ちの大きさも、積み重ねてきた年数だって違うでしょう？　ようやく弟から恋人《こいびと》になれたのに、そんな気持ちを見せては嫌《きら》われてしまうと思っていたんです」

私の髪をそっと掬《すく》い上げたルークは、切なげに目を伏《ふ》せた。

「これ以上好きになることなんてないと思っていたのに、サラも俺を好きでいてくれると思うと嬉《うれ》しくて幸せで、毎日想《おも》いは増すばかりで」

自分が怖くなると、消え入りそうな声で呟く。

「俺はサラが想像しているよりもずっと、どうしようもない男なんです。今だって、サラに触れたいと思っていますから」

目を見ながらそう告げられ、じわじわと顔に熱が集まっていく。

けれど、今回のことだけでなくルークはこれまで、一人で様々な感情を抱《かか》え込んでいたのかもしれないと思うと、寂しさや切なさを感じた。

リアムのことだって、私に対して言いたいことを言えずにいて溜《た》め込んだ結果、あんな形で感情をぶつけてしまったのだろう。

「ねえ、ルーク。私はルークのことを絶対に嫌いになったりしないよ」

ルークの身体に体重を預けながら、そっと背中に腕《うで》を回す。

私はこの先もずっとずっと、ルークと一緒《いっしょ》にいたいと思っている。そんな中で、ルークが言いたいことも言えずに我慢し続けているなんて、絶対に嫌だった。

それからまた少しだけ、静寂《せいじゃく》が続いた。

ルークは形のいい唇を開きかけては閉じるのを、何度も繰《く》り返《かえ》している。

「……少しだけ、怖いんです」

けれどやがて消え入りそうな声で、そう呟くように言った。

「サラが俺のことを好いてくれているのは、分かっています。それでも俺は、サラに嫌われるのが何よりも怖いんです」

そう言うと、ルークは長い睫毛《まつげ》を伏せた。

「俺はサラに嫌われたら、生きていけませんから」

「ルーク……」

思い返せばルークは子どもの頃《ころ》から我儘《わがまま》なんて滅多《めった》に言わず、信じられないくらい良《い》い子だった。それも全て、私に嫌われたくないという一心からだったのかもしれない。

以前、剣術《けんじゅつ》大会の時にもルークは同じことを言っていたけれど、大袈裟《おおげさ》ではなく本気なのだということが伝わってくる。

ルークにとっての自分の存在の大きさを改めて実感しつつ、もっと早くに気付けなかったことを悔《く》やんだ。

嫌われたくない、冷められたくないと、怖くなる気持ちは私にも分かる。

自分の「好き」がルークと違ったらと思うと、怖くて寂しくて、悲しくなった。

好きであればあるほど、相手の気持ちが失われることに対する恐怖《きょうふ》というのは大きくなることも。

それでも。

「私が我儘を言ったり怒《おこ》ったりしたら、ルークは私のことを嫌いになる？　ルークが想像していなかった一面を見たら、嫌いになる？」

「そんなの、なるはずないでしょう」

「ありがとう。でも、私だって同じだよ」

その言葉に、ルークははっとしたように顔を上げた。

「私にとってルークは世界で一番大切だし、それは一生変わらない。嫌いになることなんて絶対にないよ。ううん、ならないいんじゃなくて、もうなれないいんだと思う」

きっとルークも同じ気持ちだと、今なら分かる。

「だから、これからは何でも話してほしいし、我儘だっていっぱい言ってほしい。もしも嫌なことがあれば、私も素直《すなお》に伝えるから。そうして少しずつ、お互《たが》いの『大丈夫《だいじょうぶ》』のラインを探していけたらいいなって思う」

私にとって一番大切なのも優先すべきなのもルークなのだから、そこを絶対に間違《まちが》えてはいけない。それでも、全てを言う通りにするのが正解でもない。

お互いの気持ちを素直に伝え合って、すり合わせていくべきだと、今は思う。

「喧嘩をすることだってあるかもしれないけど、あと何十年も時間はあるんだもの」

「……っ」

笑顔《えがお》を向けた瞬間《しゅんかん》、ルークに抱き寄せられていた。

「……サラは優《やさ》しいから、いつか俺の時みたいに同情心から愛情が芽生えて、あいつのことを好きになってしまったらと思うと、怖かったんです」

縋《すが》るように背中に回された腕に、そっと身体を預ける。

「私は同情心からルークを好きになったんじゃなくて、ルークだから好きになったんだよ」

——最初は、可哀想《かわいそう》な男の子だと思った。だから、助けたいと思った。それでも関わっていくうちに、素直で可愛《かわい》くて、いつだって一生懸命《いっしょうけんめい》なルークだから、大切な存在になっていったのだ。

大人になった今のルークのことも強くて優しくてまっすぐで、私のことをいつだって一番に考えてくれる彼だからこそ、異性としても好きになったのだから。

リアムのことは大切な仲間だと思っているけれど、それ以上の感情を抱《いだ》くことはない。

それを拙《つたな》い言葉で必死に伝えると、ルークは私を抱きしめる腕に力を込《こ》めた。

「……ありがとうございます。サラの気持ちを疑って、すみませんでした」

「私こそごめんね。これからはもっと、ルークの気持ちを考えるようにする」

優しいルークに甘えてきたことを、心から反省した。

そしてリアムに対し、仲間としてこれまで通り接したいという気持ちをルークは尊重すると言ってくれた。もちろん私も、しっかりとした距離感を保っていきたい。

ルークの胸元《むなもと》に顔を埋めると、大好きな匂《にお》いに包まれる。

「私、すごくルークが好きみたい」

不安になったり嫉妬《しっと》したり、初めて喧嘩をしたり。色々なことを経て、どれほど私はルークを好きになっていたのかを思い知っていた。

「ルークを好きになって良かった。今、とっても幸せ」

その上、私はあまり好意を伝えるのが上手ではない。いつも受け身だったから、余計にルークを不安にさせてしまった。

もう二度とルークを不安にさせないよう、たくさんこの想いを伝えていきたい。

「……心臓がもたなくて、死にそうです」

少し顔を背《そむ》けたルークの頰《ほお》は、赤く染まっている。

最近になってルークは私以外の前では、あまり表情を変えないということを知り、氷の騎士《きし》と呼ばれていることにも納得《なっとく》してしまった。

だからこそ私の言葉ひとつで照れたり喜んだり、様々な顔を見せてくれるのが嬉しい。

「大好きです、サラ。サラは俺の全てです」

私の手を取って両手で包むと、まるで祈《いの》るみたいに額に近づける。世界中を探しても、ルーク以上に私を想ってくれる人なんていないだろう。

「それに、サラの気持ちを聞けて嬉しかったです。サラも俺に触れたい、触れられたいと思ってくれているんですよね？」

「う、うん」

面と向かって言うのは恥《は》ずかしいけれど、今までずっともどかしく寂しく思っていた。

ようやく全て伝わったらしく、安心したのだけれど。

「これからはもう遠慮《えんりょ》はしないので、覚悟《かくご》してくださいね」

「か、覚悟……？」

「はい」

やけに眩《まぶ》しい笑みを浮《う》かべるルークに、少しだけたじろぐ。

けれど、ルークがあまりにも嬉しそうなものだから、つられて笑顔になってしまう。

「愛しています」

近づいてきた唇を受け入れながら、今まで以上にルークを大切にしようと心に誓《ちか》った。


いつの間にかルークと抱き合って眠ってしまい、目が覚めたのは翌日の昼だった。

こんなにも寝るなんて久しぶりで、よほど疲れていたのだと実感する。

ぐっすり眠ったことで身体も軽くすっきりとしていて、空っぽになっていた魔力も回復しているのを感じた。

「おはようございます、サラ」

目が覚めた時、ルークはベッドの上に腰掛《こしか》けていた。ラフな私服姿の彼の手には書類の束があって、眠る私の傍《かたわ》らで仕事をしていたという。

ルークは普段通り早朝に起きたにもかかわらず、食事もとらずにここにいたと聞いて、頭が痛くなった。

「ど、どうしてそんな……部屋に戻ってよかったのに」

「サラと離れたくなかったので」

「それならもっと早く起こしてくれても……」

「俺がそんなことをするわけがないでしょう」

堂々とそう言ってのけ、寝癖《ねぐせ》がついているらしい私の髪を手ぐしで整えてくれる。寝起きも可愛いなんて言うルークはやはり、特殊《とくしゅ》なフィルターがかかっているに違いない。

スレン様も今日一日は私を休ませてあげたい、と言ってくれていたそうだ。

「とにかく急いで支度《したく》をするから、朝ご飯——お昼ご飯を一緒に食べよう」

「はい、分かりました」

ルークは書類を手に立ち上がると、私の頬にキスを落とし、部屋を出て行く。

じわじわと熱が集まっていく頬に触れ、固まってしまった私は我に返ると、急いで着替えを始めたのだった。

ルークとゆったり昼食をとった後、私達は二人でスレン様の元を訪《おとず》れていた。

「昨日は本当にお疲れ様でした。ゆっくり休めたようで何よりです」

スレン様も今日は休みらしく、いつもひとつに纏《まと》めている長髪《ちょうはつ》は肩から自然に流され、普段のローブ姿ではなく、グレーのジャケットに身を包んでいる。

私服姿は初めて見たけれど、人間離《にんげんばな》れした美貌《びぼう》や溢《あふ》れ出る色気に、社交界でも圧倒的《あっとうてき》な人気を誇《ほこ》っているという話も頷ける。

ちなみにリアムはまだ眠っているそうで、寝坊《ねぼう》仲間がいてほっとした。

「サラさんに怪我《けが》がなくて良かったです。何かあれば、私は今ここにいないでしょうし」

スレン様はにこにことしながら、ルークへ視線を向けている。

「それにしても、我々の誰《だれ》も気配に気付けないなんて相当な力を持つ魔獣でしたね。あれを魔獣と呼んでいいのかも分かりませんが」

あの死体は既《すで》に回収済みで、マリアーク王国の同意の元、リーランド王国へ持って帰って調査するという。

「研究所へのお土産《みやげ》です。喜ぶでしょうね」

「そ、そうですね……」

私はもう二度と見たくないけれど、確かにラッセルさんや研究所のメンバーが嬉々《きき》として解剖《かいぼう》し、調査する姿は容易に想像がついた。

「とはいえ、かなりイレギュラーなものだったと思います。同じ儀式《ぎしき》をしたとしても、同じものが生まれるとは限りませんし」

「人間のような形をしていたのも気がかりでした。これまで様々な魔獣を討伐してきましたがあんな個体、初めて見ました」

「……あくまで私の予想ですが、あれは人間を繋《つな》ぎにして生まれたのではと」

「人間を、繋ぎに……」

以前古い文献《ぶんけん》でそんな話を読んだことがあるという。

あの儀式を行った人間に何かしらの変異が起き、魔獣と混ざり合った強い個体が生まれたのかもしれない、というのがスレン様の予想だった。

「人間の強い悪意というのは、恐《おそ》ろしいものですから」

そんな静かな呟きに、ぞくりとしてしまう。

「昨晩のうちに、改めてあの場所について調べてみたんです。すると、日記らしきものが出てきました」

スレン様が指し示したテーブルの上には、血のような染《し》みであちこち汚《よご》れた、ボロボロの黄ばんだ紙の束があった。

私達を王城に送り届けて報告を終えた後、色々と気になったスレン様は一人で再びあの場所へ戻ったのだという。

「そこには理不尽《りふじん》な理由で大切な妹を失った姉の、悲痛な思いが綴《つづ》られていました。とはいえ、大半は汚れや劣化《れっか》で読めなかったのですが」

スレン様は、書かれていた内容をかいつまんで説明してくれた。

元々あの場所は遠い昔、とある小さな宗教団体が使っていたものであること、日記を書いた女性の両親がその宗教に傾倒《けいとう》していたこと。

その宗教は崇《あが》めていた神に数年に一度生贄《いけにえ》を差し出しており、女性が最も大切に思い支えにしていた妹が生贄に選ばれた末、殺されてしまったこと。

悲しみに暮れ、全てを恨《うら》んだ女性は両親やその周りの人々を殺して生贄とし、神を呼び出して妹を取り返そうとしたことなどが書かれていたそうだ。

「……妹を失った方法を使い、失った理由の神に縋るなんて理解できません」

「育った環境《かんきょう》や親の考えというのは、想像以上に深く根付いてしまうものですから。大切な人を失ったことで、正常な判断ができなくなっていたのかもしれません」

あの場所やあの魔獣からは、強い恨みや悲しみが感じられた。

私だって大切な人を失ってしまったら、どんな方法を取ってでも、もう一度会いたいと願ってしまうかもしれない。

「その方の妹と同じ若い女性であるサラさんにだけ、声が聞こえたのかもしれませんね」

悲痛な叫《さけ》びのような声を思い出し、やりきれない気持ちになる。

隣《となり》に座るルークも何も言わず、テーブルの上の紙の束を見つめていた。

「さて、暗い話はここまでにして」

暗い雰囲気《ふんいき》になった室内に、笑顔のスレン様が両手を合わせた軽い音が響《ひび》く。

「調査をしたところ、昨日から今日にかけて魔獣の数に変化はなかったそうです。無事に増加を阻止できたと思っていいでしょう」

「本当ですか？　良かった……」

これでマリアーク王国の人々にこれまで通りの日常が戻ると思うと、安堵感が全身に広がっていくのが分かった。

「とはいえ、増えてしまった分はまだ残っているので、明日以降も討伐は続けます」

明日から二日間、魔獣の討伐を続け、その後五日間をこの国での自由時間とし、一週間後にリーランド王国へ帰国する予定らしい。

「マリアーク王国にこれ以上ないほどの恩を売れたので、今後が楽しみです。まずは王国が独占《どくせん》している貴重な魔石《ませき》を分けるよう強請《ねだ》ろうと思います」

爽《さわ》やかな笑顔で恐ろしいことを言うスレン様に、私達は苦笑いを返すほかない。

それからはルークの意見を元に、残りの討伐に関する細かい打ち合わせをして、私達はスレン様の部屋を後にした。

翌朝、私達はこれまで通り、ヨルガル大森林へやってきていた。

終わりが見えなかったこれまでと違い、皆《みんな》の表情も明るく、順調に討伐は進んでいる。

「サラ様、こちらへお願いします！」

「はい！」

それでも怪我人《けがにん》は出るため、気を引《ひ》き締《し》めて取りかかった。何より魔力の回復がまだ完全ではないため、少しでも無駄《むだ》にならないよう集中する必要がある。

「サラ様、少し休まれてはいかがですか？　水分補給もぜひ」

「ありがとうございます、いただきます」

この一ヶ月弱、毎日一緒に戦ってきたマリアーク王国の人々ともかなり打ち解け、もうすぐお別れだと思うと寂しさを感じてしまう。

皆の士気が上がっていたせいか、これまでよりも順調に進み、今日は昼過ぎで終了《しゅうりょう》し明日に備えることになった。

王城へ戻ってきて荷物の片付けを手伝っていると、ルークとリアムが向かい合っているのが見えて、思わず手を止める。

私の隣にいたスレン様も「おや」と目を瞬《まばた》いている。

沈黙《ちんもく》が続いていたものの、先に口を開いたのはルークの方だった。

「……先日は、悪かった」

「お前、言葉と表情が噛《か》み合ってなさすぎだろ」

ルークの顔には思いっきり不服だと書いてある。けれど、私が昨日の態度は良くないと悲しんだ様子を見せたせいか、謝ることを選んでくれたらしい。

あんなに毛嫌《けぎら》いしていたリアムに謝るなんて、相当プライドが傷付くはずなのに。

後でたくさんルークを褒《ほ》めて、好きだと伝えようと思う。

「別に。あれくらい、謝るほどじゃない」

そしてリアムの大人な対応にも、私とスレン様は胸を打たれていた。

「だろうな。俺もそう思っていた」

「は？　つーか俺はサラを女だとすら思ってねえし、部屋に連れ込んで何かするわけないだろ。お前への嫌がらせだよ」

「殺されたいのか？」

けれど二人はそんな言い合いを始めていて、子どもの喧嘩みたいで笑ってしまう。喧嘩するほど仲が、なんて言うし、もしかすると本当は気が合ったりするのかもしれない。

「今回の遠征《えんせい》は、引き受けて正解でしたね」

「はい」

くすりと微笑《ほほえ》むスレン様の言葉に、深く頷く。

大変なことも多かったけれど、大勢の人を救うことができ、リアムの過去を知り、彼との関係も取り巻く環境も良い方向へ変化したように思う。

何よりルークと初めての喧嘩をして、お互いの正直な気持ちをぶつけ合い、どれほどルークが大切で大好きなのかを実感することができた。

この先何があったとしても、ルークとなら乗り越《のこ》えられる気がしている。

そんな中、スレン様はぽんと私の肩に手を置いた。

「ルーク師団長、少しサラさんをお借りします。二人きりでしたい話がありまして」

「えっ？」

「分かりました」

そうしてスレン様の後をついていくと、応接間に案内された。

事前に頼《たの》んでいたらしく、既にお茶の準備がされていて、マリアーク王国ではもう見慣れたエスニック調のソファに腰を下ろす。

向かいに座ったスレン様はティーカップに口をつけて一息吐き、口を開いた。

「改めて、今回の討伐遠征、本当にお疲れ様でした。ルーク師団長やリアム、そしてサラさんの大きな功績については、しっかり陛下にもお伝えしました」

「ありがとうございます」

スレン様は国王陛下にいたく気に入られており、倍以上の年齢《ねんれい》の差はあれど、友人のような付き合いをしていると聞いたことがある。

ここに来てからも、魔道具《まどうぐ》で定期的に連絡《れんらく》を取っていたらしい。

「そして実は元々ルーク師団長の陞爵《しょうしゃく》についての話が出ていたので、ついでにサラさんの叙爵《じょしゃく》の許可ももぎとりました」

「えっ？」

「王国に戻ったら、すぐに手続きをさせます」

スレン様は魔道具で陛下と連絡を取り、あっという間に話をつけてくれたらしい。

確かに出発前、いずれ爵位《しゃくい》が欲《ほ》しいという話をしたけれど、まさかこんなにも早く叶《かな》うなんて想像すらしていなかった。

「……冗談《じょうだん》ですよね？」

「本当ですよ。こんな冗談を言っては、陛下に怒られます」

「で、でも、爵位なんて簡単にもらえるようなものじゃ……」

もちろん嬉しいものの、爵位というものがどれほど価値があって得がたいものか知っているからこそ、戸惑いを隠せない。

そんな私に、スレン様は首を左右に振《ふ》った。

「簡単ではありませんよ。あなたはそれに値《あたい》するだけの人ですから。それに国側にも、サラさんをリーランド王国の貴族として縛《しば》り付《つ》けられるメリットがあります」

貴重な光魔法を使える渡《わた》り人という存在は、王国も絶対に手放したくはないという。

だからこそ気後《きおく》れする必要もなく、利用するくらいの気持ちでいればいいとスレン様は言ってくれた。包《つつ》み隠さずに話してくれるスレン様のお蔭《かげ》で、心が軽くなる。

何より王国側が私を留《とど》めておきたいと思っていたとしても、スレン様の働きかけがなければ、まだ先になっていたはず。

「スレン様、本当にありがとうございます」

「いいえ。これからもよろしくお願いします。ルーク師団長は伯爵位《はくしゃくい》を授《さず》かる予定です」

男爵位《だんしゃくい》から伯爵位と、ひとつ飛ばしての陞爵に驚いたものの、ルークは元々、伯爵位くらいは与《あた》えられるべき立場だったという。

それでも本人が地位や名誉《めいよ》に全く関心を示さないため、男爵位のままだったんだとか。

けれど最近になって本人が望み、今回の話になったとスレン様は教えてくれた。

「でも、どうして急に？」

「サラさんがいるからでしょうね。後は本人に聞いてみてください」

楽しげに笑うスレン様は、人の心の中を読めるのではないかと思うくらい、なんでもお見通しな気がしてならない。

「ちなみに今後も功績を上げれば、さらに上の爵位を賜《たまわ》ることも可能です。あの時はサラさんをよく知らなかったので、あまり興味はないかなと説明を省いてしまいました」

今後も何かあれば気軽に言ってほしいと言うスレン様は少し――かなりだらしないところはあるものの、私を見守ってくれ、成長もさせてくれる最高の上司だと実感する。

「はい。これからも精一杯《せいいっぱい》頑張《がんば》るのでよろしくお願いします」

「こちらこそ。ああ、そうだ。あとひとつサラさんにお願いが――……」

応接間を出ると、目の前の廊下《ろうか》の壁に背を預けて立つ、ルークの姿があった。

「待っててくれたの？」

「はい。少しでもサラと一緒にいたくて」

輝《かがや》くような笑顔でそう言ってのけたルークを見て、側を通りかかった女性達が、きゃっと黄色い声を上げる。

言われている側の私は恥ずかしくて顔から火が出そうなのに、ルークは「本当のことなので」と一切動じる様子はない。

お互いの素直な気持ちを話して仲直りをして以来、元々私に甘かったルークは、さらに甘くなったように思う。

少しの時間でも私と過ごそうと、忙《いそが》しい合間を縫《ぬ》って会いに来てくれていた。

「行きましょう？」

「うん。私もルークに話したいことがあるんだ」

そのまま手を引かれ、ルークの部屋へ案内される。

宛《あ》てがわれた王城の一室でも、一ヶ月近く過ごしていると部屋の中はルークの良い香りがして、なんだか不思議な気持ちになる。

私と違って計画性のあるルークは既に帰る準備を始めていて、ソファの上には鞄《かばん》や畳《たた》まれた衣服が置かれていた。

「どこに座ればいい？　私の部屋に移動しても――」

「ここに座ってください」

ベッドに腰掛けた笑顔のルークが指差したのは自分の膝《ひざ》の上で、もちろんそんなところに素面《しらふ》で座れるはずもなく。

無視をしてルークの隣に座ると、腰に手を回され、ぐっと距離を詰《つ》められた。

「どうして座ってくれなかったんですか？」

「あ、当たり前でしょ！　最近のルークは距離感がおかしいよ」

「もう遠慮はしないと言ったでしょう」

ルークは綺麗《きれい》に口角を上げると、私の顔に手のひらを添《そ》える。

ゆっくりと顔を近づけてきて、少しでも動けば唇が触れ合うくらいの距離で止まった。

「嫌ですか？」

「……っ」

私が嫌じゃないと分かっていて聞いているのだから、質《たち》が悪い。

ルークは甘くなった分、少し意地悪にもなった。そしてそれは、私がルークを嫌うことなんてないと実感してくれたからだと思うと、文句を言えずにいる。

「可愛い」

私の無言を肯定《こうてい》と捉《とら》えたらしいルークによって、唇を塞《ふさ》がれた。

未《いま》だにキスに慣れず、思わず少しだけ身体を後ろに引いてしまう。すると逃《のが》さないとでも言うように、ルークの両手で頬を包まれ、また重なる。

「んっ……」

私だってルークのことが大好きだし、一緒にいたい、近づきたいと思っている。けれど階段を一気に上りすぎていて、さすがに私はもういっぱいいっぱいだった。

その上、ルークは人前でも私に触れようとするものだから、常に落ち着かない。

「大好きです」

女性として見られていない、なんて思い込んで傷付いていた少し前の私に、この状況《じょうきょう》を見せてあげたいと心から思う。

そんなことを考えているとルークはまた顔を近づけてきて、このままではキリがないと思った私は目の前の肩をぐっと押した。

「は、話をしても……？」

「どうぞ」

ルークは大人しく私から離れ、話を聞く態勢になってくれる。

私は胸に手を当てて呼吸を整えると、再び口を開いた。

「実は私、爵位をもらえるんだって」

「本当ですか？　おめでとうございます……！」

嬉しそうに聞いてくれるルークを見ていると、先程よりも実感が湧《わ》いてくる。

「ありがとう。それとルークが伯爵になるっていうのも聞いたよ」

「はい。先日、陛下にお会いした時にお願いをしました」

「でも、どうして急に？　今まで断ってたんでしょう？」

そう尋《たず》ねると、ルークは目を瞬いた後、少し気まずそうに私から視線を逸《そ》らした。

スレン様が「私がいるから」と言っていたから気になったものの、もしかすると言いにくい理由なのかもしれないと察する。

「もちろん、言いにくかったりしたら――」

「いえ、違うんです。ただ、恥ずかしかったんです」

「恥ずかしい？」

口元を手で覆《おお》ったルークの横顔は、確かにほんのりと赤い。

余計に気になってしまい、次の言葉を待つ。

「元々、俺は地位や名誉には興味がなかったんです。サラが金持ちの男がいいと言っていたから稼《かせ》ぐために戦い続けていただけで」

ですが、とルークは続けた。

「少しでもサラを守る力が欲しいと思ったんです。リーランド王国は貴族の権力が強く、爵位が高くなればなるほど、俺の手の届く範囲《はんい》が広がりますから」

「……え」

全く予想していなかった答えに、私はただルークを見つめ返すことしかできない。

「やはり重いですよね」

「今更《いまさら》それを気にするの？」

他に気にするところがあると思いながら、ルークの手に自身の手を重ねた。

いつだって私のことを考え、行動してくれるルークが愛《いと》おしくて、心が温かくなる。

「ありがとう、ルーク。すごく嬉しい。本当は私もね、ルークの側にいるために爵位が欲しくて、スレン様にお願いしてたんだ」

照れながらも胸のうちを告白してくれたルークに、私もこれまでの思いを伝えたい。

「……俺の側にいるため、ですか？」

「うん。貴族と平民では大きな差があるし、周りからルークと不釣《ふつ》り合いだって思われていることにも、ずっと不安で後ろめたい気持ちになっていたから」

正直な気持ちを話すと、ルークは驚いたように切れ長の目を見開いた。

「サラがそう思っていたなんて、全く気付いていませんでした。身分はどうであれ、サラが俺に釣り合っていないはずがありません。サラは素敵《すてき》な女性ですから」

「ありがとう。でも、ルークの隣に堂々と立てるように努力していきたいんだ」

ルークがそう思ってくれているのは嬉しいけれど、自分のためにも、爵位を得た後も引き続き努力は重ねていきたい。

そして叙爵に関して、他にもルークに話そうとしていたことを思い出す。

「あ、それでね、叙爵の際にファミリーネームが必要だってスレン様に言われたの」

先程スレン様に「お願い」として言われたのは、この国でのファミリーネームを用意してほしいということだった。

私の場合は領地を持たない、いわゆる「宮廷貴族《きゅうていきぞく》」の枠《わく》に入るらしいのだけれど、やはりサラだけでは登録ができないという。

この世界で私は今も昔も「サラ」という名前しか使っていなかった。元の世界での苗《みょう》字《じ》では間違いなく浮くし、使えそうにない。

そんな状態で今まで仕事ができていたのは、全て人に恵《めぐ》まれたからだ。改めて感謝をせずにはいられない。

ちなみに戸籍《こせき》もなかったけれど、王国魔術《まじゅつ》師《し》になる際に登録はしてもらっていた。

「ファミリーネーム……」

「うん。なんでもいいとは言われたけど、自分で名前を考えるって難しくて……そもそもこの国の名前に詳《くわ》しくないから、ルークにも一緒に考えてもらえたらなって」

「…………」

ルークは口元に手を当て、考え込むような様子を見せている。

その横顔は真剣《しんけん》そのもので私が近距離《きんきょり》でじっと彼を見つめていることにすら、気が付いていないみたいだった。

「……ルーク？」

「すみません、少し考え事をしていました」

名前を呼べば、我に返ったらしいルークは顔を上げる。そして謝罪の言葉を紡《つむ》ぐと、太陽みたいな瞳《ひとみ》を私へ向けた。

ルークが幼い頃から数えきれないほど見てきているはずなのに、未だにふとした時に見《み》惚《と》れてしまうくらい、光を留めたその瞳は綺麗だった。

「協力してくれる？」

「はい、もちろんです」

「良かった。もうすぐ一年が経《た》つのに知らないことも多いから、ルークに色々教えてもらえたらなって。あ、家名の歴史とか調べるのに図書館に行くのもいいかも」

日本とは違って、ファミリーネームが他の貴族と被《かぶ》ったりしてはいけないとか、暗黙《あんもく》の了解《りょうかい》やルールがあるかもしれないし、慎重《しんちょう》に考える必要がありそうだ。

「それでは三日後、俺に時間をくれませんか？　その日、一緒に考えましょう」

「うん、大丈夫だよ。むしろ私、勝手にルークと最終日まで過ごす気でいたから」

「ありがとうございます。俺もです」

長かったヨルガル大森林での討伐も明日で終わりの予定で、明後日《あさって》からは五日間、マリアーク王国での自由時間となっている。

国内であれば、好きな相手と好きな場所で過ごしていいらしい。

ようやく観光できるのが楽しみで仕方なくて、こっそり観光ガイドのような雑誌まで買ってしまっていた。

「では、名前の件は三日後まで保留にしておいてください」

明後日も休みで一緒に過ごすのに、なぜ三日目にこだわるのだろう。

そんな疑問を抱きつつも、ルークが協力してくれるだけでありがたいと思った私は、それ以上聞かないでおくことにした。

8 今までも、これからも

三日後、私は昼過ぎからルークと共に王都の街中へとやってきていた。

「名前のことは後程《のちほど》にして、まずはゆっくり観光をしましょう」

「うん、ありがとう！」

馬車では何度も近くを通っていたものの、実際に来るのは初めてで、胸が弾《はず》む。

ルークと手を繋《つな》ぎながら、人や店で溢《あふ》れた大通りを歩いていく。

「あれ、何だろう？」

「近くで見てみましょうか」

ガラス越《ご》しに並ぶ見たことのない魔道具《まどうぐ》を指差すと、すぐにそう言ってくれる。

ドレスやアクセサリーも、リーランド王国とは雰囲気《ふんいき》やデザインが違《ちが》う。屋台で売っている食べ物やお菓子《かし》も初めて見るもので、時折甘い良い香《い》りが鼻をくすぐる。

眺《なが》めるだけでも楽しくて、ウインドウショッピングで一日潰《つぶ》せそうだった。

「ねえ、後でこのお店も──って、私ばかりごめんね。ルークは大丈夫《だいじょうぶ》？　何か見たいものとかある？」

「俺は夕方から時間をもらえれば大丈夫です。それに楽しそうにしている可愛《かわい》いサラを見ているだけで、俺もとても楽しいので」

「うっ……」

やっぱりルークはどこまでも私に甘くて、くすぐったい気持ちになる。

それからも私達は二人で街を散策し、買い物をしたり昼食を食べたりと楽しく過ごし、あっという間に空は橙色《だいだいいろ》に染まり始めていた。

「ここからは俺についてきてもらえますか？」

「うん、もちろん」

どこか行きたいお店があったのかな、なんて考えながら手を引かれ、ついていく。

ルークは初めて歩くはずの場所も、迷《まよ》いなく進んでいく。

どうして分かるのかと尋《たず》ねたところ、地図は一度見れば覚えられます、というとんでもない答えが返ってきた。

「ここです」

やがてルークが足を止めた先には、白と金を基調とした建物があった。

どうやら高級ブティックらしく、ドレスでもないただのワンピースを着てきてしまったことを後悔《こうかい》する。

「私、このまま入って大丈夫かな」

「はい。貸し切りにしてあるので」

「かしきり」

いつの間に、どうして、と様々な疑問を抱《いだ》く私を連れて、ルークは中へ入っていく。

「いらっしゃいませ、お待ちしておりました」

きっちり髪《かみ》を纏《まと》めた女性達に笑顔《えがお》で出迎《でむか》えられ、すぐに奥へと案内される。

私達以外は誰《だれ》もいない華《はな》やかな広い店内を見回すと、高級感のあるドレスやタキシードが並んでいた。

いつも衣服に関してはレイヴァン様の店から屋敷《やしき》まで取り寄せるため、ルークがわざわざ服を買いに来るなんて珍《めずら》しい。

「レイヴァンの知り合いの店なんです」

「なるほど」

ラグジュアリーな雰囲気に圧倒《あっとう》されて落ち着かない気持ちでいると、気付けば私は従業員の女性達に取り囲まれていた。

「あ、あの……？」

「サラ様はこちらへ」

私の名前も事前に聞いていたらしく、彼女達はルークに一礼すると、私を別室へと連れて行く。ルークはそんな私に手を振《ふ》って、笑顔で見送っている。

個室に入ってからは数人がかりであっという間に服を脱《ぬ》がされ、夜空のような紺色《こんいろ》のドレスに着替《きが》えさせられる。

「お連れ様のお見立て、さすがですね。大変よくお似合いです」

「ええ、急ぎで仕立てた甲斐《かい》がありましたわ」

目利《めき》きのできない私でも肌触《はだざわ》りや、ふんだんにあしらわれたフリル、まるで星のようにドレスにちりばめられた小さな宝石から想像もつかないほど値の張るものだと分かった。

そしてこのドレスは三日前、ルークが私のために頼《たの》んでくれたらしい。

急だったため、既存《きそん》のドレスにアレンジを加えた形だけれど、デザイナーも大満足の一着になったと話していたとか。

「わあ……」

姿見に映る自分の姿に、思わず感嘆《かんたん》の溜《た》め息《いき》が漏《も》れる。ドレスが美しいのはもちろん、驚《おどろ》くほど私によく似合っていた。

こんなにも素晴《すば》らしいドレスを着られるなんて夢みたいで、お姫様《ひめ》になった気分で心が躍《おど》る。けれど、どうしてルークは突然《とつぜん》ドレスを用意してくれたのか分からない。

「では、こちらへおかけください」

「えっ？」

てっきり試着をしてドレスを持って帰ると思っていたため、そのまま鏡台の前に座るよう促《うなが》され、戸惑《とまど》いを隠《かく》せなくなる。

「お肌がとてもお綺麗《きれい》ですね。白くてどんな色も映《は》えます」

「あ、ありがとうございます……」

わけが分からないまま、てきぱきとヘアメイクを数人がかりで施《ほどこ》され、髪全体をゆるく巻かれ、右耳の上ではドレスにぴったりな髪飾《かみかざ》りが輝《かがや》いている。

気が付けば鏡に映る私は、まるで貴族のお嬢様《じょうさま》のような姿になっていた。ドレスと化《け》粧《しょう》でこんなにも変わるなんてと、思わず頬《ほお》に手を当て、鏡に見入ってしまう。

「本当にお美しいです。お連れ様も絶対に見惚《みと》れてしまいますわ」

満足げに微笑《ほほえ》む女性によって最後に首元にふわりと甘い香りの香水《こうすい》をつけてもらい、個室を出て再び店内ホールへと向かう。

するとそこには私のドレスと対《つい》になっているようなデザインの正装を身に纏《まと》ったルークの姿があって、その圧倒的《あっとうてき》な美貌《びぼう》に思わず息を呑《の》んだ。

それは私だけではないようで、私に付《つ》き添《そ》ってくれていた女性達も皆《みな》、ルークを見てほうと溜め息を漏らしていた。

すらりとした細身のデザインが、ルークの長身と無駄《むだ》のない体軀《たいく》を引き立てている。

「……っ」

一方、ルークもまた私を見て、小さく口を開けて驚いたような表情を浮《う》かべていた。

「本当に、綺麗です」

白い手袋《てぶくろ》をはめた右手で口元を覆《おお》ったルークは、やがてぽつりと呟《つぶや》く。

手の隙間《すきま》から見える顔は赤くて、心から思ってくれているのが伝わってくる。

やっぱりルークにそう言ってもらえるのが一番嬉《うれ》しくて、喜びが胸から全身へ広がっていくのが分かった。

「サラ」

ルークはゆっくりと私の前へ来ると、そっと右手を差し出してくれる。

まるで絵本から飛び出してきた王子様みたいだと、心臓が早鐘《はやがね》を打っていくのを感じながら、私はルークの手に自身の手を重ねた。

「ありがとうございました。素敵《すてき》な時間をお過ごしください」

店の外まで丁寧《ていねい》にお見送りされ、ルークにエスコートされながら用意されていた馬車に乗り込む。

薄明《うすあか》るい夜空の下、動く度《たび》にドレスの宝石がキラキラと輝く。

手を繋いだまま当たり前のように隣《とな》り合《あ》って座ると、私はルークを見上げた。

「素敵なドレス、本当にありがとう。こんなに綺麗にしてもらってびっくりしちゃった」

「いいえ。それにサラは元々美しいですから。世界一です」

私を見つめるルークの目にはやはり特殊《とくしゅ》なフィルターがかかっているらしく、その目は本気で私が世界一だと語っていた。それでも、好きな人に褒《ほ》められるのはやっぱり嬉しい。

「ルークだって一番かっこいいよ。すっごくかっこいい！」

それ以上の褒め言葉が思い浮かばない、己《おのれ》の語彙《ごい》力のなさが恨《うら》めしい。それでも必死に伝えれば、ルークは照れたようにはにかんだ。

「…………」

どんな服も似合うのは知っていたけれど、着飾《きかざ》った姿は別格だと思い知らされる。

こうして改めて見ても髪と同じ色の睫毛《まつげ》は長く、外での仕事も多いはずなのに、肌荒《はだあ》れひとつない肌は透《す》き通《とお》っている。

食い入るように見つめてしまっていると、ルークは繋いでいた私の手を自身の頬に触《ふ》れさせ、微笑《びしょう》を浮かべた。

「いくらでも見てください。俺はサラのものなので」

「うっ……」

甘すぎる雰囲気と、暴力的なルークの美貌のせいで、心臓がいくつあっても足りない。

この空気を変えるため、私は気になっていたことを尋ねてみる。

「これからどこに行くの？」

「そろそろ夕食の時間でしょう？　一緒《いっしょ》にディナーをと思いまして」

それ以上は何も教えてくれず、十五分ほど馬車に揺《ゆ》られて着いたのは、古城のような美しい建物だった。

漆黒《しっこく》の空を背景に、全体がいくつもの灯《あか》りで照らし出されている光景は、お伽話《とぎばなし》に出てきそうなくらい幻想《げんそう》的だった。

「ハワード様、ようこそいらっしゃいました」

外装だけでなく内装も豪奢《ごうしゃ》で、別世界みたいだ。広い個室に通された私は、アンティーク調の椅子《いす》に腰《こし》を下ろし、背筋が伸《の》びるのを感じていた。

私はあまりこういういいお店に来た経験がなく、緊張《きんちょう》してしまう。フォークとナイフの順番だとか、ナプキンの使い方だとか、不安になってくる。

一方、ルークは慣れた態度でウェイターと言葉を交《か》わしていた。

「てっきり図書館に行くと思ってたから驚いちゃった。こんないいお店、お祝いとか？」

「お祝い、ですか。そうなるといいんですけど」

陞爵《しょうしゃく》や叙爵《じょしゃく》のお祝いかとも思ったけれど、ルークの反応を見る限り違うらしい。

「…………」

確かにこういったお店にはドレスコードもあるはず。それでも食事のためだけに、わざわざこんなにも着飾る必要があるのだろうかと、少しだけ気になった。

それから二時間後、言葉にしがたいほどの美味《おい》しいフルコースを堪能《たんのう》し、滅多《めった》に飲めないような良いワインボトルを空けた私は、これ以上ないくらいの多幸感に包まれていた。

「本っ当に美味しかった！　連れてきてくれてありがとう、ルーク」

「どういたしまして。サラが喜んでくれたなら、何よりです」

これほど素晴らしいお店なら、予約をとるのも大変だったはず。

何よりお値段だって驚くほど高いだろうし、素敵な経験をさせてくれたルークには感謝してもしきれない。

向かいに座るルークは、ワインの入ったグラスに口をつけている。そんな姿も絵になるなあなんて思いながら、その姿をじっと見つめる。

「そういえば、ルークがそんなに飲むなんて珍しいね。好みの味だった？」

普段《ふだん》食事をしている時、ルークはほとんどお酒を飲まない。乾杯《かんぱい》の時に一杯《いっぱい》だけ飲むくらいで、飲みに行く時も私に合わせてくれている、という印象だった。

けれど今日は絶えず飲み続けていて、よほどマリアーク王国のお酒が口に合ったのかなと思っていたのだけれど。

「いえ、緊張を少しでも紛《まぎ》らわせたらと」

「緊張……？」

私と個室で食事をするこの状況《じょうきょう》のどこに、緊張する必要があるのだろう。不思議に思っていると、ルークはグラスに残っていたワインを一気に飲み干し、テーブルに置いた。

「良かったら、外に出てみませんか？」

「えっ、出られるの？」

「はい。この店はそれが売りでもあるそうです」

すぐに行きたいと返事をし、ルークにエスコートされてバルコニーへと出る。

「わあ……！」

するとそこには、息を呑むほどに美しい夜景が広がっていた。

私がいる世界は、こんなにも美しい場所だったのだと、今更《いまさら》になって気付かされる。

「本当に綺麗……」

この美しさをルークと共有したくて後ろを振り返れば、私を愛《いと》おしげに見つめる優《やさ》しい瞳《ひとみ》と目が合った。

ふわりと笑うと、私の前に跪《ひざまず》く。

「……ルーク？」

ルークは上着の中から小さな箱を取り出すと、そっと開けた。

そこにあったのは大きなダイヤモンドのついた美しい指輪で、呆然《ぼうぜん》とする私にルークは小箱を差し出す。

「サラ、俺と結婚《けっこん》してくれませんか？」

そして告げられた言葉に、頭が真っ白になった。

「……結婚？」

「はい」

「誰と、誰が？」

「俺とサラです」

「えっ……ええっ？」

もしかしなくても私は今、ルークにプロポーズされているのだろうか。

半年前にお互《たが》いに好きだと伝えて、恋人《こいびと》の関係になった。

私は一生ルークと生きていくつもりでこの世界に残ったたし、ルークも同じ気持ちでいてくれていることも分かっている。

だからこそ、いつかはそういう関係になるという確信もあった、けれど。いざ実際にプロポーズをされると驚きでいっぱいになって、言葉が出てこなくなる。

「ご、ごめんね。びっくりしちゃって……」

「いえ。俺が相手では嫌《いや》ですか？」

「まさか、そんなことない！　すごく嬉しいよ！」

「良かった」

「……っ」

慌《あわ》てて否定すると、ルークは安心したように柔《やわ》らかく金色の目を細めた。

その表情や声音《こわね》からもルークが本気なのだと伝わってきて、顔が火照《ほて》っていく。

「愛しています。絶対に幸せにしますから、俺と結婚してください」

再び告げられたまっすぐな愛の言葉に、心臓が大きく跳《は》ねた。

——四年前に出会った、小さくて傷だらけの優しい男の子。

私は弟のような可愛い彼のことが大好きで、大切で。守ってあげたい、幸せになってほしいと願ってやまなかった。

一度元の世界に戻《もど》ってからも、彼を忘れたことはなかった。

元気にしているかな、勉強を頑張《がんば》っているかな、たくさん笑っているかな、と何度も今の姿を思い描《えが》いては心が温かくなった。

そうして再びこの世界にやってきて出会った彼は、私よりも年上になっていた。

『俺はもう、子どもじゃありませんよ』

最初は昔と同じ感覚でいた私も、少しずつ今はもうルークは一人の大人の男性なのだと思い知らされていった。

いつしか家族愛が恋情《れんじょう》へと変わり、今はこんなにもルークに焦《こ》がれている。

愛情の形は違えど、いつだってルークが好きで、大切なことに変わりはない。

指輪の入った小箱ごと、手のひらを両手で包み込む。

「……私も、ルークのことを愛しています」

生まれて初めての「愛している」という言葉も、驚くほどすんなり出てきて、改めてルークへの愛情を実感する。

私の言葉に、ルークの黄金色の瞳が揺れた。

そんな表情も何もかもが愛おしくて、幸せな笑《え》みがこぼれる。

「これからもずっと、よろしくお願いします」

「――はい」

これから先もルークの側で、愛する彼を幸せにしたいと心から思った。

レストランから王城へと向かう帰り道、ルークの隣《となり》で馬車に揺られる私は、左手の薬指で輝く指輪を見つめていた。

先程《さきほど》はどこか夢心地《ゆめごこち》だったものの、こうしていると本当にルークと結婚するのだという実感が湧《わ》いてくる。

素敵なドレスをプレゼントしてくれ、着飾らせてくれたのも、プロポーズは一生の思い出になるだろうから、という考えだったと聞いて納得《なっとく》した。

それにしてもこんな素敵な指輪、一朝一夕《いっちょういっせき》で用意できるものではないはず。その上、驚くほど私の指にぴったりだった。

「ねえ、いつの間に指輪を用意したの？」

「サラに再会した三日後には、探し始めていました」

「えっ？」

「いつ何があってもいいように、今回も一応持ってきていて良かったです」

冗談《じょうだん》かと思ったけれど、ルークの様子から事実なのだと悟《さと》る。

「その時から、私にプロポーズするつもりで……？」

「はい。結果はどうあれ、俺はサラしか考えられませんから」

私が再びこの世界にこなければ、ルークは一生一人で生きていくつもりだったと、なんてことないように言ってのけた。

ルークからの好意を、私はまだ理解しきれていなかったのかもしれない。とにかくもう一度この世界に来ることができて、本当に良かった。

私自身、もうルークのいない人生なんて考えられなかった。

「国に戻ったら、なるべく早く籍《せき》を入れに行きましょうか」

「そ、そんな急に？」

確かにプロポーズは受けたし結婚するという気持ちに変わりはないけれど、もっと色々な手順を踏《ふ》むものだと思っていた。

「名前、必要なんでしょう？」

「……あ」

そしてようやく、なぜルークがこのタイミングで求婚《きゅうこん》してくれたのかを理解した。叙爵にあたって、ファミリーネームが必要だと相談したから、ルークは私に「ハワード」という名前を贈《おく》ってくれようとしたのだ。

「サラ・ハワード。とてもいい響《ひび》きだと思いませんか？」

「確かに、ものすごくしっくりきた」

「それは良かった」

きっともう、それ以外は考えられないくらいに。

もちろん私としては嬉しいけれど、ルークはこれでいいのかと少し不安になる。

昨日の今日で、悩《なや》む時間だってなかったはず。

「その、なんだか急がせちゃってごめんね。後悔とかしない？」

一生のことなのだし、ルークにだって仕事のことも含《ふく》めて計画があったかもしれない。

だからこそそう尋ねると、ルークは綺麗に口角を上げた。

「むしろ口実ができて、感謝しているくらいですよ」

エピローグ　初恋は永遠に

リーランド王国に戻《もど》ってからも、慌《あわ》ただしい日々は続いた。

まずは今回の討伐遠征《とうばつえんせい》についての報告を済ませ、一ヶ月も城を空けていた分、溜《た》まっていた仕事を片付けるところから始まった。

あまり手伝ってはくれなかったものの、リアムもきちんと登城して執務《しつむ》室に顔を出すようになっただけ、大きな進歩だろう。

ザカリーさんは私達がいない間、ずっと執務室に監禁《かんきん》されて仕事を続けていたことで、寝《ね》込んでしまったという。

リアムも頑張《がんば》っていることだし、少し休ませたら無理やりにでも連れてくると、スレン様は笑顔《えがお》で話していた。

一方、ラッセルさんや研究所の人々は恐《おそ》ろしいお土産《みやげ》を大層喜んでくれ、嬉々《きき》として調査を始めているらしい。

ルークも相当多忙《たぼう》で、屋敷《やしき》で顔を合わせるのは朝と深夜だけだった。

その結果、耐《た》えられないというルークの申し出により、ルークの部屋で一緒《いっしょ》に眠《ねむ》るのが日課になってしまった。

緊張《きんちょう》して眠れないだろうと思っていたけれど、激務のお蔭《かげ》でぐっすり眠れている。

『サラの寝顔《ねがお》を見ていると、どんなことでもできる気がするんです』

毎朝、眩《まぶ》しい笑顔でそう言ってのけるルークも、しっかり眠れている上にやる気まで出るらしく、良かったのかもしれない。


そして王国に戻ってきて二週間が経《た》ち、叙爵《じょしゃく》を一週間後に控《ひか》えた私は、ルークと共にモニカさんの住むリリンスへやってきていた。

「そうかい、二人が結婚《けっこん》を……」

二人で結婚の報告をすると、モニカさんは涙《なみだ》ながらに喜んでくれた。結婚の報告は絶対に一番にモニカさんにしたいというのは、私達二人の気持ちだった。

何より結婚した場合、ルークがモニカさんからもらった「ハワード」という姓《せい》を私も名乗ることになり、モニカさんの義娘《むすめ》となるのだから。

もちろん、反対されるとは思っていない。それでも緊張してしまって「おめでとう」と言ってもらえたことで安堵《あんど》して、視界がぼやけた。

「モニカさん、これからもよろしくお願いします」

「ああ。私はサラも大事な娘だと思っているから、本当の親子になれて嬉《うれ》しいよ」

「……っ」

モニカさんの言葉に、目頭《めがしら》が熱くなる。

——突然《とつぜん》一人ぼっちで異世界に来て、右も左も分からない、何もない私に手を差《さ》し伸《の》べてくれたのがモニカさんだった。

モニカさんがいなければ、私はきっと今ここにいない。あの日あの場所でルークと出会うことだって、絶対になかっただろう。

そしてルークと想《おも》いを通わせ、腕時計《うでどけい》をルークに凍《こお》らせてもらった私は、家族や友人と二度と会えない道を選んだ。

今までもこれからも絶対に口に出したりはしないけれど、元の世界を、大切な人達のことを忘れられるはずなんてない。

親不孝な私の自分勝手な感情だと分かっていても、未《いま》だに寂《さび》しさを感じて胸が痛み、涙がこぼれることだってある。

だからこそ、この世界でも本当の家族ができるというのは心の底から嬉しかった。

「はい。本当にありがとうございます」

いつの間にか両目からは涙が流れ、声が震《ふる》える。

そんな私の背中を、ルークが支えてくれた。

「ルークも良かったねえ。ずっとサラが好きだったから」

ハンカチで目元を拭《ぬぐ》いながら、モニカさんは微笑《ほほえ》む。

昔からその気持ちに気付いていたからこそ、私が戻ってきてすぐに「いい人がいないならルークはどうだい？」と尋《たず》ねたそうだ。

ルークの言葉も冗談《じょうだん》だと思っていたし、私だけが何も分かっていなかったらしい。

「ずっと心配をかけて、すみませんでした」

独り身でいるルークを心配していたという話も、以前聞いたことがあった。

これからはもう心配をかけず、恩返しをしていきたいというルークの言葉に、モニカさんは首を左右に振《ふ》る。

「恩返しなんていらないよ。私はね、サラとルークが元気で幸せでいてくれるだけでいいんだから。ああ、これからもこうしてたまに顔を見せに来てくれると嬉しいけどね」

そんなモニカさんの言葉にまた泣いてしまいながら、私は何度も頷《うなず》いた。

「はい、可愛《かわい》い孫も見せますね」


「……ねえ、ルーク。いい加減に離《はな》してくれないと、結婚式《けっこんしき》に遅《おく》れちゃうよ」

「こんなに綺麗《きれい》なサラを誰《だれ》にも見せたくないです」

「もう」

純白のウェディングドレスに身を包んだ私は、先程《さきほど》から私の腰《こし》に腕《うで》を回し、ぴったりと後ろにくっついているルークのせいで動けずにいる。

――今日は私達の結婚式だというのにルークはいつも通りすぎて、ずっと感じていた緊張なんて吹き飛《ふと》んでしまった。

控室《ひかえしつ》にはもう私達二人だけで、既《すで》に全ての準備は終わっており、招待客はみんな挙式をする大聖堂で待ってくれている。後は呼びに来るのを待つだけだ。

モニカさんをはじめ、エリオット様やレイヴァン様、ティンカやカーティスさん、そしてスレン様に無理やり連れてこられたリアムも参加してくれていた。

大切な人達と共に今日のこの日を迎《むか》えられたことが、本当に嬉しい。

私は腰に回るルークの手に、自身の手を重ねた。

「ほら、それにかっこいいルークの姿が見えないし、そろそろ離れよう？」

「………」

「今日は私からキスしたい気分なんだけどな」

そう言うと、パッと離れたルークが単純で可愛くて、幸せな笑《え》みがこぼれた。

振り返った先に立つルークもまた、純白のタキシードを纏《まと》っている。

普段《ふだん》暗いトーンの服装が多いルークが白を着ているのは初めて見たけれど、どんな色でも似合うのだと思い知らされていた。

「本当にかっこいいよ、ルーク。私だって誰にも見せたくないくらい」

「俺は二人でこのまま抜《ぬ》け出《だ》しても構いませんよ」

そんなことを言いながらも、今日のために多忙な中でルークがどれほど準備をしてくれていたかを、私はよく知っている。

緊張で飛んでしまっては困るし挙式の流れを最後に確認《かくにん》しておこうかな、とテーブルの上に置いた紙を探す。すると、背中越《ご》しにルークの強い視線を感じた。

「嘘《うそ》だったんですか」

「えっ？」

「サラからキスしてくれるっていう話」

じとっと責めるような眼差《まなざ》しを向けられ、はっとする。ルークの新郎《しんろう》姿に見惚《みと》れて、完全に頭から抜けてしまっていた。

「ご、ごめんね」

慌ててルークの側《そば》に近づいて見上げると、そっと肩《かた》に手を置く。

「目、閉じてくれる？」

「はい」

以前キスをしている時にふと目を開けて、目が合った時は心臓が止まるかと思った。

どうしてと問《と》い詰《つ》めたら「あまりにも可愛くて、目を閉じるのがもったいなかった」なんて言われて以来、気にしてしまうようになった。

ぐっと爪先立《つまさきだ》ちをして、目を閉じたルークの唇《くちびる》に自身の唇を押し当てる。

「ん、っ……」

すぐに離れようとしたのにルークにきつく抱《だ》き寄せられ、それは叶《かな》わない。結局、ルークが満足するまで解放してもらえず、少しだけ息が上がってしまう。

「もう、絶対に口紅取れちゃった」

「何度でも塗《ぬ》り直してあげます」

そして本当に鏡台の前にあった口紅を取ってきて、完璧《かんぺき》に塗ってくれるものだから、それ以上の文句は言えなくなってしまった。

それからすぐにルークが椅子《いす》を引いてくれて、腰を下ろす。

ルークは私の前に跪《ひざまず》くと、両手で私の両手を包み込んだ。愛情に満ちた蜂蜜《はちみつ》色の瞳《ひとみ》で見つめられ、心臓の鼓動《こどう》がとくとくと速くなっていく。

「サラ、愛しています」

そしてルークはひどく優《やさ》しい、穏《おだ》やかな声でそう言った。

そのたった一言で、視界が滲《にじ》む。

今日この場でいきなりそれを言うなんて、反則だと思う。そんな気持ちを込《こ》めてルーク

の手を握《にぎ》り返すと、ルークは柔《やわ》らかく目を細めた。

「未だに実感がないんです。サラが俺と結婚してくれることに。今俺が見ているのは幼い頃《ころ》からずっと焦《こ》がれて、夢見た光景ですから」

「……っ」

ルークの目に映る私は、どんな風に見えているんだろう。どうか少しでも綺麗で、彼が思《おも》い描《えが》いた姿でありたいと思った。

「サラ、俺を選んでくれてありがとうございます」

「私こそ、ずっと好きでいてくれてありがとう」

声が震えてしまって、私は「泣いちゃいそうになるから、こういうのはまた後で」と言って、涙を止めるために舌をぐっと噛《か》んだ。

せっかく丁寧《ていねい》に化粧《けしょう》を施《ほどこ》してもらったというのに、涙で崩《くず》れてしまっては困る。目頭が熱くなってしまい、目を開いてぱたぱたと手で扇《あお》ぐ。

そんな私にルークは「サラはどんな姿でも可愛いので大丈夫《だいじょうぶ》ですよ」「むしろ少し崩れた方が助かります」なんて言うものだから、笑ってしまって涙も止まっていた。

「ハワード様、お時間です」

やがてドアをノックをされ、時間だと伝えられた。

「行きましょうか、サラ」

「うん」

差し出されたルークの手を取り、立ち上がる。

控室を出て大聖堂へと続く廊下《ろうか》をルークと二人、歩いていく。

これまでのことを思い返しながら大切に一歩ずつ進むうちに、あっという間に大聖堂の扉《とびら》の前に着き、足を止めた。

「サラ？」

開けるよう指示しようとしたルークの手を、引き止めるように握りしめる。

結婚式の前に言っておきたかったことが、ひとつだけあった。

「……前にね、レイヴァン様と三人で飲みに行った時、私が『誰かを好きで好きで胸が苦しくなる恋《こい》に憧《あこが》れてる』って言ったの、覚えてる？」

私の問いに、ルークは静かに頷く。

「今なら、よく分かるんだ。私が今ルークへ向ける気持ちがそうだから」

ふたつの金色が、見開かれる。

元の世界でも恋人《こいびと》がいたことがあったけれど、彼へ向けていた好意が恋情《れんじょう》ではないと、今ならはっきりと分かる。

胸が苦しくなって、けれどその痛みすら愛《いと》おしいこの感情が恋なのだと。

「私の初恋もルークだよ」

そう告げると、ルークの瞳が揺《ゆ》れた。

「……嬉しくて、泣きそうです」

「ふふ、まだ早いよ」

ぐっと形の良い唇を噛み締《し》め、今にも泣き出しそうな顔で笑うルークを、心から愛おしく思う。

きっと私も今、同じ顔をしているんだろうと思った。

顔を見合わせて笑い、やがてルークの顔が近づいてきて、一瞬《いっしゅん》だけ唇が触《ふ》れ合《あ》う。

再び手を繋《つな》ぎ、やがて大好きな人達の待つ大聖堂への扉が開かれる。

「最後も絶対に俺にしてくださいね」

「もちろん」

これからも大好きなルークの側で生きていけることが、何よりの幸福で。

私の二度目の異世界での幸せな日々——私達の初恋はこの先もずっと、続いていく。

END

あとがき

こんにちは、琴子《ことこ》です。

この度《たび》は「二度目の異世界、少年だった彼は年上騎士《きし》になり溺愛《できあい》してくる」二巻をお手に取ってくださり、ありがとうございます。

なんと一巻から一年十ヶ月という時を経て、二巻を出すことができました。（号泣《ごうきゅう》）

これも全て一巻をお手に取ってくださった読者の皆《みな》さま、本作の素晴《すば》らしいコミカライズをしてくださっている綾月《あやつき》もか先生など、たくさんの方のお蔭《かげ》です。

本当に本当にありがとうございます！

私はとにかく本作「二度彼」が好きで思い入れがありすぎてクソデカ感情を抱《かか》えている者なので、続刊のお話をいただいた時には素で泣きました。

大好きなサラとルークのお話を再び紡《つむ》げたこと、心から嬉《うれ》しく思います。

今回は一巻で両想《りょうおも》いになった二人が、恋人《こいびと》として喧嘩《けんか》をしたりトラブルを乗《の》り越《こ》えたりしながら結婚《けっこん》するまでを書きました。

最初、二人の喧嘩を見たいなと思ったのですが、ルークがサラを怒《おこ》らせるような悪いことを全然してくれそうになくて困りました。どこまでも一途《いちず》で大変良い子です。

色々なことがありましたが、最後にいちゃいちゃしているサラとルークを書けて、大変満足しております。二人の結婚式を書くのが一巻からの夢だったので、感無量です。

新キャラのスレン（一巻にも少し出ましたが）とリアムもとても大好きなキャラになりました。何より二人ともルークとはまた違《ちが》ったタイプの美形で最高です。

リアムといえば、元々は割とただの嫌《いや》な生意気キッズだったのですが、担当編集さんのアドバイスのお蔭で可愛《かわい》いツンデレになりました。いつもありがとうございます！

イラストを担当してくださった氷堂《ひどう》れん先生、最高に美麗《びれい》でときめくサラとルークを本当に本当にありがとうございます！　幸せそうな二人に私も幸せな気持ちになりました。

本作の制作・販売《はんばい》に携《たずさ》わってくださった全ての方々にも、感謝申し上げます。

綾月先生による神コミカライズも書籍《しょせき》二巻分に突入《とつにゅう》しており、まだまだ続いていきます。ほんっとうに美しくときめく素晴らしい作品にしてくださっているので、ぜひ！

なんと大人気声優の木村良平《きむらりょうへい》さんがルーク役、加隈亜衣《かくまあい》さんがサラ役をしてくださっているボイスコミックも、ＹｏｕＴｕｂｅで聴《き》けます。神です。

最後になりますが、ここまで読んでくださりありがとうございました。
今回、執筆《しっぴつ》や作業をしながら改めてこの作品が大好きだなと何度も思いました。
書籍・コミカライズともども、今後もサラとルークをよろしくお願いします。
それではまた、お会いできることを祈《いの》って。

琴子

■ご意見、ご感想をお寄せください。
《ファンレターの宛先》
〒102-8177 東京都千代田区富士見 2-13-3
株式会社KADOKAWA ビーズログ文庫編集部
琴子 先生・氷堂れん 先生

ビーズログ文庫

●お問い合わせ
https://www.kadokawa.co.jp/（「お問い合わせ」へお進みください）
※内容によっては、お答えできない場合があります。
※サポートは日本国内のみとさせていただきます。
※Japanese text only

二《に》度《ど》目《め》の異《い》世《せ》界《かい》、少《しょう》年《ねん》だった彼《かれ》は年《とし》上《うえ》騎《き》士《し》になり溺《でき》愛《あい》してくる 2

琴《こと》子《こ》

2023年10月15日 初版発行

発行者　山下直久
発行　株式会社 KADOKAWA
〒102-8177 東京都千代田区富士見 2-13-3
（ナビダイヤル）0570-002-301
デザイン　島田絵里子
印刷所　TOPPAN株式会社
製本所　TOPPAN株式会社

ISBN978-4-04-737685-4 C0193

定価はカバーに表示してあります。
◇◇◇

ビーズログ文庫
ド田舎出身の芋令嬢、
なぜか
公爵に
溺愛される
「きみに一目惚れしたんだ」
腹黒な公爵様の
溺愛が止まりません！
千堂《せんどう》みくま
イラスト／ゆき哉《かな》
試し読みは
ここを
チェック★
ド田舎出身の男爵令嬢・ヴィヴィアンは、偶然出会った公爵・アレクセイラスに一目惚れされる。芋令嬢のはずのヴィヴィアンにアレクの溺愛は止まらず、なぜか同棲することに!?腹黒な聖騎士様の甘やかしが止まりません！